AFRODITES HEMMELIGHED

IB SVANE

Til minde om mine cypriotiske venner Rita Mangoian og Erik Flensburg Andersen. Livet behandlede dem hårdt; men de tog det med et smil.

Tak til mine venner, Hans Erik Nielsen og Marianne Funk for at hjælpe mig med denne historie. Deres kommentarer og rettelser var af stor betydning.

INDEHOLD

FORORD

Denne historie er en fiktion, ligeså er alle personerne og deres navne pånær een. Derimod er orkideerne fra det virkelige liv. Orkideer har altid fascineret botanisk interesserede på grund af deres relative sjældenhed og mangfoldige skønhed. Arterne *Serapias aphrodite*, *Orchis italica* og *Orchis simia* er artsnavne givet af de videnskabsmænd, der oprindelig beskrev dem. De danske navne er "Afrodites orkidé", "Nøgen mand orkidé" og "Abe-orkidé" oversat fra engelsk. *Serapias aphrodite* er endemisk for Cypern. Den er sjælden og kan findes på halvøen Akrotiri og i landskabet Akamas i det nord-vestlige Cypern. Blomsten er lyserød til rød lilla. *Orchis italica* er udbredt omkring Middelhavet. Blomsten er hvid til mørk lyserød og tager form som en mandsfigur. *Orchis simia* findes udbredt i det centrale og sydlige Europa. Blomsten er grå-lyserød til rødlig. Arten har fået sit navn fra dens læbe, der ligner den generelle form af en abes krop. Sommerfuglen *Glaucopsyke paphos*, eller Paphos blue, findes kun på Cypern (endemisk). Det er en smuk lyseblå dagsommerfugl. Her har jeg taget den frihed at gøre den til en natsommerfugl. Effekterne af orkideerne er en fiktion - indtil videre!

Een person har sit rigtige navn, og det er Gustav Frederich Hetsch. Han var uddannet på universitet i Tübingen og blev professor i arkitektur ved Københavns Universitet i 1835. Han er kendt for sit arbejde med Christiansborg Slot, og han tegnede synagogen i København og St. Ansgars Kirke. Afrodites tempel i gamle Paphos blev ødelagt af et jordskælv i 350 e. Kr. I 1824 forsøgte Hetsch at genopbygge templet ud fra illustrationer på mønter og arkæologiske fund (Münter, F., Hetsch, G.F. 1824. Der tempel der himmlischen Göttin zu Paphos: zweite Beilage zur Religion der Karthager (in German). Schubothe. OCLC 13923976, Kopenhagen.). Igennem den romantiske periode blev arkitekter som Hetsch, kunstnere og poeter let fanget af mystikken og romantikken på Afrodites Ø.

Selvom menneskene, deres navne og handlinger beskrevet i denne historie er fiktive, kan man aldrig frigøre sig for illusioner. Når tiden lægger et gråt slør over fortiden, leger den med ens opfattelse af tid og rum.

Stederne beskrevet her er virkelige og velkendte af de mennesker, der har besøgt Cypern og har givet sig tid til at rejse rundt og nyde det interessante landskab, steder og dets indbyggere. Afrodites fødested er en velkendt turist-attraktion, ligesom Paphos og området omkring. Byen Polis og Afrodites bad er mindre besøgt af turister. Afrodites bad er en kilde, der findes i Akamas lidt vest for Polis. Kilden er af mindre "gudfrygtige" kendt som "Fontana Amorosa" (Fountain of Love). Jeg har flere gange besøgt kilden, men aldrig smagt på kildevandet. Det siges, at det gør ånden villig men kødet svagt!

1

Prins Falus al Malal

Sovevognene i nattoget fra Hamburg rullede langsomt ind på jernbaneterrænet og stoppede udenfor Kødbyen i København. Det var mørkt. Lyset fra Hovedbanegården og resten af nattoget var i det fjerne. Kun lyset fra forbikørende biler ramte nu og da rangertoget, som raslede imod hovedbanegården og efterlod sovevognene i ensomhed. Når det var sent, var det normalt, at sovevognene blev parkeret på et sidespor for derefter at blive kørt ind på hovedbanegården klokken 7 efter servering af et simpelt morgenmåltid. Konduktøren og en restaurations-ansat blev på toget igennem resten af natten.

Dr. Schiller fra universitetet i Tübingen sov i kupé nummer tre. Siden toget forlod Hamburg, havde han sovet fast efter en våd eftermiddag på Reeperbahn. Rangertogets raslende og skubbende manøvre ændrede ikke dette. Schiller sov fast.

Mustapha Al-Shit havde ventet på nattoget. Han var klædt i en sort kampuniform og lå stille ovenpå en affaldscontainer bag ved Kødbyen. En kamuflagemaske dækkede hans ansigt. Han havde set toget komme til tiden og ventede nu på, at lyset i personale kupeen blev dæmpet til natlys.

Han havde i dagevis observeret Schiller i Tübingen. Alle hans bevægelser var noteret og hans professionelle og private liv studeret i detaljer.

Mustapha var sikkerhedsagent for Prins Falus al Malal, søn af Sultan Abdul al Fahd som regerede Det Sunniarabiske Sultanat. Han var ikke den eneste søn. Sultanen havde mere end 109 børn med 100 smukke kvinder tydeligt beskrevet i de kulørte pamfletter, der bliver uddelt til officielle besøgende og fremmede diplomater. Prins Falus havde endnu ikke indgået giftermål og nød sit rygte som playboy med en svaghed for prostituerede kvinder og casino rouletter. Han havde den vane konstant at flirte med kvinder. Når han var ædru, fremstod han ganske intelligent og veluddannet; men hvis han fik et par drinks, kunne det hele blive noget vildt.

Som medlem af Prins Falus al Malal's entourage var Mustapha tidligere blevet beskyldt for at have voldtaget to kvinder på Plaza Hotel i New York. Beskyttet af et diplomatpas var han hurtigt blevet sendt ud af landet i Prins Falus's private jet. Kun efter Prinsens varme anbefalinger var Mustapha blevet sparet for sultanens vrede og sendt til Prins Falus's yacht, Ibn Battuta. Yachten lå næsten altid for anker i bugten udenfor Monaco, men var nu udenfor Limassol på Cypern. Her blev han introduceret til sit nye job.

I en prangende lænestol af sandaltræ med udskårede, guldbeklædte kongelige regalier, sad Prins Falus mageligt tilbagelænet. Hans tradtionelle dishdasha var pletfri. På trods af prinsens mørke solbriller kunne Mustapha føle hans gennemborende øjne. Han observerede koldt prinsens nervøsitet, afsløret af en finger-leg med den sorte ghuthrain, der holdt hans rød-hvide scarf på plads.

Prins Falus talte begejstret om Dr. Schilller fra Tübingen. Han fremhævede, at Schiller havde opdaget en aktiv receptor i næseepitelet, som specifikt detekterer volatile aminer, eller pheromoner, der kan påvirke seksuel adfærd, og at han, Prins Falus, utrætteligt havde givet finansiel støtte til Schiller igennem mange år.

"Min støtte var givet i ren filantropi og uden krav", sukkede Prins Falus, imens han drejede den sorte ghuthrain en ekstra omgang.

Prins Falus fortsatte: "Min støtte havde et specifikt formål med tanke på mine investeringer i medicinalkompagniet Shamanotis".

Prins Falus faldt i dybe tanker. Han så ned på gulvet og så op igen med næsen højt i vejret.

"Dr. Schiller bad mig om at finansiere sin seneste forskning om humane pheromoner, der er en konsekvens af hans eksperimenter med Rhesus aber".

Han tænkte på alle de checks, han havde addresseret til Schiller. For at undgå universitetets regnskabskontor havde Schiller hentet prinsens checks i den lokale moske. Imamen havde vist ham en slidt piedestal med en slidt koran holdt sammen af elfenbensplader og lædersnøre. Et par sider inde fandt Schiller en velkommen check holdt fast med papirclips.

Prins Falus fortsatte: "Schiller havde lovet mig resultater, så vi i samarbejde kunne udvikle et produkt med Shamanotis".

Mustapha vidste, at Schiller og Prinsen havde kendt hinanden siden deres studietid. Mustapha havde arbejdet hårdt for prinsen sikkerhed og beskyttelse. I rapporter til det Sunniarabiske Sultanats efterretningstjeneste havde Mustapha begæret, og udbetalt, store penge i bestikkelse for at undgå skandaler efter våde selskaber med "kvinder af tvivlsom baggrund" som han officielt havde udtrykt sig. Han var forsigtig og fulgte sultanatets diplomatiske protokol. Han havde uden tøven forklaret, at prinsen var et naivt offer, og at Schiller var indstifteren af de våde selskaber. Det var naturligvis langt fra sandheden; men Mustapha anså sig selv for at være ægte patriot!

Prins Falus fortsatte med at dreje sin sorte ghuthrain.

"Jeg har med skuffelse erfaret, at Schiller, Dr. Schiller", rettede han sig, "har bedraget mig og det Sunniarabiske Sultanat ved at indgå en samarbejdsaftale med medicinalkompagniet COVO International, og dets leder Dr. Bumburn". "Det er et uhørt forrœderi med økonomiske konsekvenser for det Sunniarabiske Sultanat", fortsatte Prins Falus tydeligt noget ophidset.

"Som en af sultanates vigtigste agenter, vil jeg opfordre Dem til at uden tøven gennemføre opgaven at fratage Dr. Schiller hans forskningsresultater og sikre, at han på ingen måde vil vœre i stand til at fortsœtte!"

Prinsens ophidselse var intens. Han trak hårdt i sin ghuthrain, så både den og hans scarf fløj ud på dœkket, hvor de straks blev samlet op af en ventende tjener.

Mustapha følte en vis stolthed over Prins Falus' udtalelser. Han var pludseligt blevet udnœvnt til en af sultanatets vigtigste agenter. Da han mistede sit job på ambassaden i New York, havde sultanen brugt helt andre ord og truet ham med at bortskœre en for ham betydningsfuld kropsdel!

Han vidste, at opgaven fra Prins Falus kun kunne betyde likvidering. Nu fandt han sig selv oven på en affaldscontainer på bagsiden af et kødmarked i København, efter at han var fløjet til Kastrup i prinsens private jet med den opgave at stoppe Dr. Schiller og hans forskning.

2

Mordet

Mustapha ventede en halv time, efter at lysene i personale-kupeen var blevet dæmpet. Jernbaneterrænet lå i stilhed. Han havde observeret to personer, som malede graffiti på nogle parkerede togvogne længere nede. "De er langt borte og udgør ingen risiko", tænkte Mustapha. "Nu er det tid at hilse på Schiller".

Han forcerede let hegnet, og krøb forsigtigt frem. Han stoppede imellem hvert spor. Han lå stille og så ned langs sporene imod graffiti-malerne med deres spraydåser. Alt var stille.

Han nåede ubesværet til den første sovevogn, hvor han vidste, at Schiller sov i kupé nummer tre. Togdørene var låst; men den første dør havde vinduet rullet ned, så det var let at stikke armen ind og åbne døren. Mustapha tog sin tid for ikke at lave mere støj end nødvendigt. Han var bange for at vække sovende passagerer, og adrenalinen pumpede frekvensen af hans hjerteslag op. Han svedte.

Døren til kupé nummer tre var låst, og en snorken signalerede, at den var bemandet. Mustapha havde skaffet sig en firkant-nøgle, der kan åbne de fleste døre i togvogne. Forsigtigt satte han nøglen i låsen, drejede den rundt og følte den velsmurte låserigel glide tilbage. Han åbnede døren. Luften i kupeen var tyk af lugten af sved og øl. Døren blev stoppet af vaskekummen. Mustapha så Schiller ligge sovende i den nederste køje. Han var kun halv påklœdt og resten af hans tøj lå på gulvet. En tyk brun lœdermappe lå i en åben kuffert på bordet.

Mustapha stod stille og så på lœdermappen og på Schiller. Han turde nœsten ikke trœkke vejret. Hans hånd følte på et plastik-rør, som han vidste indeholdt en automatisk injektionssprøjte med en øjeblikkeligt virkende, dødelig gift. Han havde også en kniv i en lomme på det venstre ben og en pistol i et bœltehylster. Han tog den automatiske injektionsprøjte ud af plastik-røret og holdt den i sin venstre hånd. Forsigtigt tog han et langt skridt ind i kupeen. Schiller sov med ansigtet imod vœggen. Netop i det øjeblik hvor Mustapha tog et skridt ind i kupeen, drejede Schiller rundt og lå nu på ryggen og åndede tungt. Mustapha førte sin venstre hånd med injektionssprøjten imod Schillers hals, men tøvede lidt. Han hørte en lyd fra gangen og drejede hovedet og lyttede. Der var nogen, som talte udenfor toget. Så blev det igen stille. Mustapha drejede sit hoved, og så på Schiller. Så tog han sin beslutning og pressede rapt injektionssprøjten imod Schillers hals; men nålen gik ikke ind!

Det tog et par sekunder, før Mustapha havde indset, at han havde glemt at fjerne injektionsnålens beskyttelsesrør. Det smertefulde pres imod halsen vœkkede Schiller. Han åbnede øjnene, og indså, at den person der stod bukket over ham, var den samme, som have skygget ham i Tübingen og senere i Hamburg. Schiller vidste, at en person igennem en tid havde udspioneret ham; men han anså sin forfølger som amatør, og tog det ikke alvorligt.

Schiller greb med venstre hånd hårdt fat i Mustaphas genitalier og klemte dem, det bedste han kunne.

Mustapha havde nu fjernet nålehylsteret, men smerten i hans genitalier fik ham til at gribe efter Schillers hånd. Schiller forsvarede sig voldsomt imod injektionssprøjten, og det lykkedes ham at komme halvt op af køjen. Injektionssprøjten gik ind i hans venstre hånd, og han slap grebet i Mustaphas genitalier. Det tillod Schiller at lande en hård knytnæve i midten af Mustaphas ansigt. Det slog Mustapha ud, og han sank i knæ. Det tog lidt tid før giften virkede i Schillers tunge krop. Han faldt fremover og greb ud efter Mustaphas kniv. Halvt bevidstløs og hængende over Mustapha tog han kniven og svingende fra side til side drev han den skråt opefter og ind i Mustaphas ben. På det tidspunkt døde Dr. Schiller.

Mustapha rejste sig omtåget op, og følte en smerte i sit højre ben. Han satte sig på køjen og så blod dryppe ned på gulvet. Han samlede kniven op og skar buksebenet af for at binde det omkring såret. Efter at have tørret sin blodige næse gennemrodede han resultatløst kufferten, tog den brune lædermappe, humpede ud af toget og med besvær ned på sporet imod hegnet.

Han indså, at han ikke umiddelbart kunne forcere hegnet. Et par efterladte paller hjalp ham. Mustapha kom med besvær op over hegnet, og imens han hang med maven på hegnet, så han de to graffiti-malere, der stirrede på ham. Mustapha humpede op på gaden og videre ind i mørket imod Istedgade. Det lykkedes ham uset at passere gaden, og han humpede tæt langs husene op imod Vesterbrogade. Han stoppede i mørket før den velkendte natklub "Birds of Paradise". En række af fire amerikanske biler registreret som private taxis ventede i markerede parkeringsbåse uden for natklubbens indgang.

"Birds of Paradise", eller "Hønsereden" som den kaldes, blev ofte besøgt af diplomater fra det Sunniarabiske Sultanats ambassade, og et ambassadekøretøj med chauffør var tilgængelig hver eneste nat. For ikke at have flere ambassadebiler kørende rundt havde Mustapha en aftale, at chaufføren ved Hønsereden skulle vente på ham. Han fandt ambassadebilen på sin faste plads, men uden chauffør! Et par biler længere tilbage havde Mustapha passeret en parkeret Citröen 2CV med en sovende kriminalassistent Harry Andersen i tjeneste.

Igennem mange år har Hønsereden været et velkendt etablissement i Københavns natteliv. Baren, eller "The Gentlemens Club" som den kaldes, havde overlevet utallige angreb af moralister, og var beskyttet af indflydelsesrige personer i hovedstadens "high society", et betragtelig overskud og en uangribelig forretningsmodel. Diskretion er vigtigt for at tiltrække udenlandske diplomater. "Forretningslokalerne", som de ofte kaldes, er et par etager op. Gulvene er dækket af tykke tæpper, og centralt placeret er der et stort piano bemandet med en professionel pianist, som fylder luften med blød musik.

Omkring pianoet og et lille kvadratisk dansegulv sidder et antal nydeligt klædte kvinder, eller de "selvstændigt erhvervsdrivende", som de oftes kaldes. I baren serveres drinks, og øl kan kun købes, når mad bestilles ved bordene bag i lokalet. I det diplomatiske korps er svaghed for prostituerede ikke ualmindelig. Uden dem så ville restaurationslivet i den Københavnske nat uden tvivl falde sammen.

Mustapha var noget irriteret over den manglende chauffør, eller rettere sagt noget desperat for at få næsen og sit sår i benet behandlet. Han havde bemærket 2CV'en med en sovende mandsperson; men det var ikke ualmindeligt omkring Hønsereden. Mustapha så sig omkring og hurtigt humpede han op til den sidste i rækken af de "amerikanske" taxa'er. Harry Andersen observerede søvnigt at Mustapha udvekslede et par ord med chaufføren, der nikkede imod etagerne over indgangen til natklubben. Harry tænkte kun på sin seng, og hvornår han kunne se den igen.

Taxachaufføren havde bekræftet, at ambassadechaufføren var oppe i baren og endnu ikke havde forladt etablissementet. Det er normalt, at gæsterne i Hønsereden bliver underholdt et par timer, før de forlader stedet i en "amerikansk" taxa ledsaget af en eller flere af de "selvstændigt erhvervsdrivende". De drev deres forretning i lejligheder længere ude på Vesterbro.

Det tog ikke langt tid, før Mustapha, der forsøgte at skjule sig imellem nogle parkerede cykler, så ambassadechaufføren komme ud med armen omkring en af de "selvstændigt erhvervsdrivende" piger. Taxachaufføren sagde noget i ambassadechaufførens øre og så med et anstrengt udtryk hen imod Mustapha. Chaufføren slap grebet omkring pigen og gik hurtigt imod Mustapha og den parkerede ambassadebil. Den "selvstændigt erhvervsdrivende" pige genvandt hurtigt sin balance, imens hun skreg: "Dit store røvhul - du kan ikke efterlade mig her uden at betale!". Det vækkede de "amerikanske" taxichauffører og Harry i 2CV'en. Ambassadechaufføren vendte omkring og greb efter sin tegnebog, samtidigt med at de "amerikanske" taxachauffører samlede sig bag den "selvstændigt erhvervsdrivende" pige. Penge skiftede hurtigt ejere, de "amerikanske" taxachauffører talte deres og den "selvstœndigt erhvervsdrivende" pige stak sine ned i en taske og forsvandt ind i Hønsereden. Harry undrede sig over, hvad der var sket.

Ambassadechaufføren kørte imod Svanemøllen og den Sunniarabiske Sultanats ambassade med Mustapha på bagsœdet. Mustapha bandede på arabisk: "Hvorfor fanden ventede du ikke på mig?" Ambassadechaufføren følte et vist ubehag, rømmede sig et par gange og sagde: "Du må undskylde, men min instruktion var at kun vente to timer, fordi ambassadøren havde klassificeret dig som "disposable"; hvis politiet blev involveret, vil ambassaden benœgte ethvert kendskab til dig. Husk, at dit diplomatpas er blevet inddraget og kun udstedes som et engangs engagement for at få dig ud af landet, hvis prinsen vil have dig tilbage!" Mustapha undrede sig over, hvorfor han overhovedet var i København og havde sådan et job. Han følte sig noget bedre, da han omsider fik sin nœse og sit sår behandlet. Han sad afslappet i et blødt sœde i Prins Falus' private jet med en "whisky on the rocks" i sin højre hånd ca. 10,000 fod over Nordtyskland med kursen imod syd.

3

Professoren

"Penis er opbygget af to kavernøse legemer, omgivet af stærke fascier og på ydersiden beklædt med hud. Ved spidsen danner huden en ringfold, praeputium, der delvis dækker penishovedet, glans penis. Urinrøret omgives af et cavernøst legeme, corpus cavernosum urethrae, der ligger langs med penis' caudale flade. Det andet cavernøse legeme, corpus cavernosum penis, udgør den største del af penistværsnittet og ligger langs penisryggen, det vil sige den kraniale side!"

Professor Söderström pegede ivrigt på detaljer i de ophængte tavler, rømmede sig og fortsatte: "De kavernøse legmer har en svampagtig bygning med store blodrum".

Professor Söderström fortsatte med at pege.

"Erektionen af penis sker ved, at de tilførende arterier åbnes og blodrummene fyldes med blod. Ejakulationen af sperma sker ved rytmiske kontraktioner, der begynder helt nede i bitestiklen og forplanter sig opad gennem sædlederens muskelvæg til muskulaturen omkring prostata, sædblære og urinrør - også tværstribet muskulatur omkring bulbus urethrae deltager i kontraktionerne", forsikrede Söderström og fortsatte med en deltagende stemme: "Orgasme er de med disse kontraktioner forbundne subjektive fornemmelser!"

Professor Söderström så frem til denne beskrivelse som en værdig afslutning på sine forelæsninger over menneskets anatomi, der for ham var en kedsommelig og triviel del af introduktionskurset i faget zoologi.

Han så udfordrende og ufokuseret ud i det halvtomme auditorium og håbede at fange et forlegent blik fra en kvindelig student, som han med et let sjofelt udtryk kunne returnere.

Pludselig blev han grebet af en snigende følelse af opgivelse og frustration, da det blev klart for ham, at studenternes opmærksomhed var rettet imod noget helt andet. Som senior på afdelingen for strukturel zoologi var han ikke uvant med studenternes ligegyldighed og til tider dræbende sløvhed. Stablede uldtrøjer, halvmilitære uniformsjakker, rygsække og spraglede arabertørklæder kompenserede tilhørerne for manglende polstring på de hårde træsæder, der i rækker var fastboltede til auditoriets skrående trappegulv. Fra disse sofa-lignende ophobninger observeredes forelæseren med reservation og i betryggende afstand. Söderström følte sig ofte som en mavedanser i et harem, hvis tilslørede atletiske anatomi kritisk blev vurderet af en flok vandpiperygende arabere mageligt forskanset i bløde kamelhårspuder.

Nu var situationen en ganske anden. Professor Söderström så nu kun bagsiden af de studenter, der på trods af deres søvnighed endnu havde kontrol over det motoriske nervesystem.

Uforstående og uforberedt søgte hans blik efter årsagen, og opdagede til sin overraskelse, at to gråklædte, firskårne mandspersoner, med hænderne dybt begravede i frakkelommerne, opfyldte den brede indgangsdør til auditoriet. Den dobbelte dør stod altid åben under forelæsningerne for at begrænse forstyrrelser af ud- og indstrømmende studenter, som respektløst forsvandt ved den mindste følelse af kedsomhed, eller når de fandt tiden passende for en kaffepause. Døren oppe for enden af auditorietrappen lå delvist i mørke til venstre for film- og projektorrummet. Det stærke lys fra gangen udenfor gav personerne en skyggefuld fremtoning og kontrast, der ledte tankerne hen på en tredje klasses amerikansk kriminalfilm.

At her var tale om myndighedspersoner, politi eller lignende, var Söderström ikke i tvivl om. Personer af denne kategori og forklædning huskede han som uvelkomne gæster på universitetet i tresserne, hvor de ustandseligt snagede i folks ejendele, eller studerede opslag om venstre-politiske møder og revolutionære sammenkomster - de indfandt sig aldrig ved forelæsningerne, selv om de principielt var offentlige.

Siden de glade hippiedage var blevet afløst af ny-konservatismens rationaliseringer, lå korridorer og gange nu i lysegrå nuancer. Opslag - udelukkende med faginformation - var germansk organiseret på autoriserede og systematisk placerede tavler. Velfriserede, Burberry-klædte studenter med firkantede læderkufferter havde invaderet universitetet og overfyldt datalogi-studiet til bristepunktet. Zoologisk Museums samling af hvalskeletter var hastigt blevet fejet til side og den velkendte hvalhal fyldt op med rækker af computer-skabe med lysende lamper, mængder af kabler og kørende hjul. Nu talte alle om chips, print-outs og programmering, og overalt sad klæbemærker med slagord, der fremhævede fremskridt og lovede en lyserød fremtid med UNIVAC og IBM. Flere universitetsafdelinger, deriblandt professor Söderströms egen, som han noget bittert måtte konstatere, var blevet udsat for studenterflugt, rationaliseringer og fusioneringer, så kun skelettet lå tilbage som en efterladenskab fra en svunden tid.

Professor Söderström følte et vist ubehag løbe igennem sin magre krop ved synet af de to mænd ved auditorie indgangen. Tanker om tidligere studenterpolitiske aktiviteter, der måske kunne være af myndighedernes interesse, løb igennem hans hjerne. Nej, det kunne ikke være ham, en vel-renommeret videnskabsmand med plads både i Videnskabsakademiet og Forskningsrådet og tilmed rådgiver for Carlsbergfonden - det måtte være en eller anden student, der har gjort en pige tyk eller kørt en gammel dame over i en fodgængerovergang, tænkte Söderström gadedrengeagtigt. Han rystede ubehaget af sig med overbærende ironi, understreget med et ubevidst let arrogant hovedkast. Sikker på, at det var sådan, sagen hang sammen, så professor Söderström på sit ur, pakkede sine noter og overhead-transparenter sammen og med et: "Det var alt for idag", sprang han de tre trin op ad auditorietrappen imod døren og de frakkeklædte personer.

Kriminalassistent Jens Munch og hans kollega Harry Andersen havde følt sig tynget af den akademiske atmosfære, der havde mødt dem under vandringen igennem afdelingen, indtil de med en students hjælp fandt frem til Söderströms auditorium. Lange korridorer opfyldt af endeløse hylder med glas indeholdende opskårede dyr i sprit, og skabe med glasdøre hvorigennem man kunne betragte uhyggelige præparater i grotesk vredne stillinger, havde kantet deres vej. Lugten var ubekendt og kvalmende. Flere gange havde tanken strejfet Munch, at måske var Frankenstein ikke filmverdens fiktion, men en virkelig kriminalsag, og han havde følt et let ubehag ved tanken. Blod og døde mennesker var han bekendt med, men bleghvide kropsdele, fostre og specielt ufødte, mongolide børn opbevaret i store glasrør med en gullig væske, eller hvad det nu var, havde fået ham til at gyse let. Munch havde sendt stjålne blikke imod sin kollega Harry Andersen, der med sit barnlige ansigt på en stor muskuløs krop mindede ham om et af de bleghvide fostre i skabene. Men ikke en trækning havde afsløret Harrys tanker, der sædvanligvis ikke var mange.

Det var først, da de omsider havde fundet frem til auditorium-aulaen, at Harry Andersens indre blev anskueliggjort, idet han tog den kortest mulige vej ud på toilettet, hvorfra høje hostende lyde bekendtgjorde for Munch, at Harry ikke havde nydt oplevelserne på deres fælles vandring.

"Vær så god at komme indenfor", sagde professor Söderström, idet han åbnede døren til sit dobbelte arbejdsrum og med en håndbevægelse henviste de to gråklædte herrer til et par nedslidte kontorstole, der stod umotiveret midt på gulvet.

Professor Söderströms arbejdsværelse var overalt fyldt med stabler af papir på borde langs væggene. Et køleskab, der omkring døråbningen var let sortsværtet, stod i et hjørne og var fundament for en kaffebrygger og nogle uvaskede tallerkner, krus og kopper. Statsindkøbte reolsystemer var fyldt med tykke bøger, og mængder af zoologiske udstillingsgenstande prydede hylderne såsom store muslingeskaller, koraller og opsatte fiskeskeletter. Men mest dominerende i værelset var et rullebord, hvorpå en meterhøj plastikmodel af en halv gennemskåret kvinde stod opstillet.

"Gudskelov, her slipper vi åbenbart for de hæslige spritpræparater", tænkte Munch, idet han satte sig ned på en af de anviste stole.

En pause fulgte medens Söderstöm dumpede sine forelæsningsnoter og overheads på det overfyldte skrivebord.

"De må undskylde, at vi sådan trænger os på", begyndte Munch, "men vi vil gerne i embeds medfør stille Dem nogle spørgsmål. Jeg formoder, at De er professor Lars Söderström". Han skubbede et visitkort imod Söderstöm, som tog det op med et undersøgende blik.

Munch stak hånden i højre frakkelomme mens Harry Andersen funderede over udtrykket "embeds medfør", som han syntes lød løjerligt gammeldags. Söderström famlede nervøst ved en knoglestump, der lå på skrivebordet foran ham.

"Kender De denne mand?", spurgte Munch, imens han studerede Söderstöms ansigtsudtryk. Han rakte et fotografi frem, som han havde fisket op af frakkelommen.

Söderström så indgående på fotografiet, men lagde det straks fra sig og begyndte at rode i skrivebordsskuffen. Efter en kort stunds roden trak han et forstørrelsesglas frem og begyndte at undersøge fotografiet.

Harry kluklo indvendigt over det spørgsmål, som Munch stillede. Det var et udtryk, han med en vis stolthed og korpsånd genkendte fra kriminalfilm, som han havde set talrige gange i fjernsynet. Harry følte sin egen betydning og trykkede højre hånd mod tjenesterevolveren i skulderhylsteret, da han så Söderströms hænder forsvinde ned i skuffen med forstørrelsesglasset.

"Kender og kender", ræsonnerede Söderström, der lod sig lede ind i atmosfæren. "Det er svært at se; men der er noget bekendt ved ham. Han ligner Dr. Schiller fra Tübingen - men hvor er billedet taget og hvorfor ligger alting så rodet - jeg kan jo kun se lidt af selve manden?", udbrød Söderström noget urolig.

"Det er en person, vi fotograferede i morges", svarede Munch, som var noget irriteret over at få spørgsmål, inden han selv havde fået svar på sine egne.

"Vi fandt ham sådan på nattoget fra Hamburg - død - vi ved endnu ikke hvordan, men vi tænkte, at De måske kunne give os nogle oplysninger, siden han jo er inden for Deres fagområde så at sige", fortsatte Munch noget spydigt.

"Jeg har kun et perifert kendskab til Schiller - Dr. Schiller" rettede Söderström, idet han rømmede sig.

"Vi har mødt hinanden på symposier, og vi har korresponderet - fagligt, naturligvis. Men jeg vil ikke sige, at jeg kender manden", forsikrede Söderström, mens han genopvækkede erindringen om et gruppebesøg på et bordel i Hamburg efter en noget våd afslutning på et uge-langt møde om tovingede insekters parringsdanse og reproduktionsforhold.

"Har de truffet ham for nylig?", fortsatte Munch ihærdigt.

"Nej, jeg tror det er længe siden - mindst to år!"

Söderström så for sig Schillers store bagdel i voldsom bevægelse, mens han bøfflede ovenpå en luder af samme overvægtige kategori, der lugtede af pis og parfume.

"Han lever noget tilbagetrukket - kommer kun til symposier, hvis han er inviteret eller ønsker at give et fagligt foredrag. Ellers holder han sig for sig selv og fordyber sig i sine studier; han er jo kendt og respekteret i internationale kredse som en fremragende entomolog!"

Professor Söderström rettede sig og lagde armene over kors for at understrege udsagnets alvor.

Pludselig gik der noget op for Söderström.

"Sagde De død? - De mener ikke, at De har fundet Dr. Schiller død i en sovekupé her til morgen!", stammede Söderström med ordene langt nede i halsen.

"Det var dog forfærdeligt, men hvordan?"

"Det er det, vi forsøger at finde ud af", svarede Munch hastigt og koldt. "At det drejer sig om mord, er åbenbart, men vi har endnu ikke fået rapporten fra retsmedicinerne".

"Jeg vil bede Dem om at komme ned på Gården for at identificere liget og svare på yderligere spørgsmål - hvis det ikke er til for meget besvær - skal vi sige klokken to?!"

"Javist, javist", fremstammede Söderström, noget overrasket over samtalens hurtige vending, der samtidigt havde frataget ham initiativet.

Munch rejste sig og Harry, som døsede let, straks efter.

4

Obersten

Oberst Scharck Schackenlund sad ved sit velpolerede skrivebord og fingererede med en lighter indesluttet i en plastikmodel af en ananas-håndgranat.

Igennem de åbne vinduer skinnede den varme forårssol, og udenfor på den græsklædte eksercerplads øvede regimentets tamburkorps for eftermiddagens parade og afslutningsceremoni for årets første rekruthold. Oberst Scharck Scharckenlund hed egentlig Pedersen til efternavn; men han havde købt navnet, fordi han mente, at det gav hans stilling et mere aristokratisk præg, og nu var han stolt af det. Han så med egenbeundring på navnet, der stod indgraveret i et poleret messingskilt monteret på en lakeret mahogniklods. Alle stabsofficerer, som han i sin egenskab af regimentschef omgikkes med i det daglige, havde givet ham ret i, at navnet var en klog beslutning. Det gav hans stilling et værdigt præg, havde skriveren, overfenrik Didriksen underkastende forsikret.

Obersten tillagde ikke Didriksens meninger særlig vægt; Didriksen nærmest slikkede ham op ad ryggen, og til tider var han helt uudholdelig. Heldigvis havde hans lange militære karriere givet ham en vis moden arrogance, så det var let at afvise Didriksen ved at anlægge en strammere tone. Hans adjudant, premierløjtnant Frederiksen, derimod, var ikke så let at håndtere. Det virkede, som om han altid grinede ham op i hans åbne ansigt, uden at han kunne få skovlen under ham. Premierløjtnanten var for effektiv - på grænsen til det irriterende.

"Jeg må finde på et eller andet, så han kan blive udskiftet", tænkte Obersten; men hans tanker blev hastigt revet væk af en serie brølende kommandoer nede fra eksercerpladsen.

"Neeej, neeej,- I skal blæææse, så de små engle kommer flyyyvende med noooder i røøøven!", lød en hæs kommando fra oversergenten, som med en kraftig viften med tamburstaven havde stoppet korpsets musikalske fremmarch.

"Jeg må se at få oversergent Sørensen til at anvende et mere civiliseret sprog", tænkte Obersten surt, efter at han havde rejst sig og nu så ud igennem vinduet.

Til sin tilfredshed noterede han, at to officerer fra nabo-regimentet, der havde stået og set på tamburkorpsets øvelser, var drejet rundt, og nu hastigt var på vej ud gennem vagten!

"Nu har de sandelig noget at sladre om i infanterimessen", tænkte Obersten - måske er der noget i denne Sørensen alligevel!

Obersten gik tilbage til sit skrivebord og satte sig dovent, imens tamburkorpset genoptog sine øvelser nede på græsplænen.

Obersten fingerede ved sin paradesabel og sine ordener, der lå klar til formiddagens parade. Med et vist vemod slap han medaljerne, så på væguret, der havde små kanoner som visere, rejste sig, rettede på uniformsjakken og slipset, tog kasketten på og gik med faste skridt til formiddagens traditionelle kaffepause i officersmessen. Der var endnu en time til uddannelseskompagniets afslutningsparade.

Efter den indledende udveksling af kommandoer og meldinger, betragtede Obersten fra den opstillede talerstol de to indmarcherende rekrutkompagnier.

På trods af flere måneders eksercits var der stadig lidt rod under indmarchen, konstaterede Obersten irriteret og lod sit granskende blik glide langsomt over geledderne, vel vidende, at hans rang og aristokratiske fremtoning indgød respekt. Ved at stirre fast på en person kunne han tydelig se effekten i form af en let ansigtstrækning eller en hastig rødmen. Han nød denne følelse af magt, særligt når han kunne nedstirre en officerskollega, der havde trådt i det ved at give en forkert kommando. Men ved tanken om tidligere parader og rækken af fadæser gik en bitter følelse igennem Obersten, og han sendte et nik mod bataljonschefen, der straks brølede kommandoen:

"Giv agt, præsenteeer gev'r! ---- Giv aaagt, se tiiiil høj'r!"

Med et mekanisk ryk blev 225 geværer ført lodret op foran brystet af 225 rekrutter, imens deres højre hånd med strakte fingre pegede skråt nedad. Med et mekanisk ryk blev 225 hoveder drejet imod højre! Officererne løftede taktfast sablerne mod deres skulder og så også mod højre. Alle så stift mod tamburkorpset og fanevagten - også oberst Schack Schackenlund.

Netop i samme øjeblik svingede overraskende en militærgrøn Ford Fairlane ind gennem hovedvagten, der lå omkring halvtreds meter bag den opstillede fanevagt.

Obersten fokuserede vantro på bilen, han havde genkendt som et af generalstabens køretøjer på den lille standard, der flagrede fra en forkromet stang monteret på højre skærm.

Det var ikke fordi, det var en generalstabsvogn, at Obersten blev overrasket, men fordi der tydeligt stod "E-sektion" i hvide bogstaver på døren, og at han havde genkendt een af personerne inden i! Det var oberstløjtnant Vesterby, en tidligere rival, som det var lykkedes for ham, i sin tjenestetid som generalstabsofficer, at bremse i karrieren ved at skaffe ham en stilling som sikkerhedsofficer for et skydeterræn på vestkysten.

Obersten, officererne og 225 rekrutter betragtede bilen, der langsomt og næsten lydløst svingede væk fra indkørslen og forsvandt ind på parkeringspladsen ved officersmessen.

"Hvad i hede hule helvede gør han her - og tilmed i et af E-sektionens køretøjer?", tænkte Obersten uroligt og hans tanker gled over i spekulationer om mulige hævnaktioner efter intrigen omkring Vesterbys forflyttelse.

Oberst Scharck Scharckenlund blev brat revet ud af sine tanker af premierløjtnant Frederiksen, der med en kommando-agtig skarp hvisken forsøgte at komme videre i programmet.

"Oberst, Oberst, fanen for fanden, fanen!"

Oberst Scharck Scharckenlund vågnede brat og drejede hovedet med et ryk, imens han højt kommanderede ned i den opstillede mikrofon:

"Føøør faaanen frem!"

Efter ceremoniens gennemførelse stævnede Oberst Scharck Scharckenlund i spidsen for uddannelsesbataljonens paradeuniformerede officerer ind i officersmessen, der lugtede fredfuldt af frisklavet kaffe og wienerbrød.

Hvidjakkede messemænd var travlt optaget af at servere, og i et hjørne bag kaffekopper og fade med wienerbrød sad oberstløjtnant Vesterby mageligt i en blød lænestol flankeret af to yngre løjtnanter, begge med en faldskærmsvinge over brystlommen.

Obersten gik med raske skridt frem imod Vesterbys bastioner.

"Hvad skyldes æren, siden vi får fint besøg fra E-sektionen?", affyrede Obersten, der ikke for nogen pris ville afsløre sin forbløffelse over Vesterbys come back.

"Vil du ikke sidde ned Pedersen, inden du falder for aldersgrænsen?", svarede Vesterby, idet han så på Obersten med et sejrssikkert, slesk smil.

Stilheden i messen var total bortset fra lyden af et par kaffekopper, der nervøst blev skramlet i underkopperne.

"Jeg har lidt papir med til dig, ganske friskt, en personlig leverance. Vi tænkte, at det var bedst, du fik det med det samme!" fortsatte Vesterby og bøjede sig for at plukke en forseglet brun tjenestekuvert ud af sin mappe. Han rakte kuverten til Obersten, der var stivnet som daggammelt tapetklister.

"Det er fortroligt, naturligvis; men vi glæder os til at se dig, klokken to præcis - som der står i ordren!"

Oberstløjtnant Vesterby lænede sig tilbage med kaffekoppen og smilede revanchelystent til Obersten, mens han satte tænderne i et stort stykke wienerbrødskringle.

5

Flyrejsen og Professorens minder

Professor Söderström sad mageligt tilbagelænet, imens første klasse i en Boing 727 førte ham mod syd i 800 km's fart. Stewardessen havde netop skænket hans anden dobbelte cognac, som han nu fortrøstningsfuldt varmede imellem sine hænder.

"Satans til politi", tænkte Söderström højlydt, og vurderede nærgående anatomien af stewardessens bagdel, der for en kort stund var svinget tæt foran hans ansigt, imens hun betjente passageren på den anden side af mellemgangen.

Bagdelen forsvandt og professoren tænkte på Munchs gennemborende blik, da han pludselig og uden omsvøb anklagede ham for delagtighed i en gammel sag fra den tid, han var løjtnant.

"Hvorfor i alverden skal jeg afpresses og så tilmed for en sådan bagatel, havde Söderström sagt. Nå ja, vist var jeg med, men kriminel det er jeg ikke - det var jo Toldvæsnet vi snød, og det var der sport i. Desuden var der også politifolk med; men det har de naturligvis glemt".

Ingen argumenter havde hjulpet, Munch var benhård.

"Satans til strisser", tænkte Söderström igen.

I Söderströms minder opstod modstræbende billedet af en gammel skolekammerat. Han og kammeraten havde begge i deres unge dage tjenestgjort i FN-styrkerne i Mellemøsten. "De fredsbevarende styrker", tænkte han med nogen foragt, og så sig selv og kammeraten i

uniform med blå baretter. De var satans til karle dengang
- og det var ikke andet end druk og ballade.

Opstemt af virkningen og smagen af cognac vældede
minderne frem, og Söderström erindrede pludseligt et
vers fra en sang, de plejede at skråle i fuldskab, så det
kunne høres langt over på den anden side af den grønne
linje. Den gik på en melodi, der vistnok hed "De grønne
baretter", som var populær i Vietnamkrigens dage.

> Mødre græd og fædre lo,
> da vi bort fra hjemmet drog
> for at møde krigens gru
> og besejre fjenden snu!

Opstemt af mere cognac fortsatte Söderström sine
minder, og endnu et par vers dukkede op i hans
hukommelse. Han trykkede sig mageligt ned i den bløde
stol, imens han med et let smil nynnede melodien for sig
selv og tog en stor klunk af den håndvarmede cognac.

> Et liv i utugt har vi ført,
> vi har jagtet hvert et skørt;
> nogle de har fået succes,
> andre de fik gonorré!

> Ak og Ve, der var en krig,
> ingen faldnes jammerskrig,
> kun en masse billig sprut
> og om morg'nen var der fut!

"Hvor i alverden er Georg nu?" tænkte Söderström.
Efter hjemkomsten havde de mistet forbindelsen. Georg

Pedersen ville gøre karriere i militæret - eller rettere sagt hans familie ville - hvorimod Söderström ville ud i det civile liv. Georgs far, som var en pensioneret officer, var meget bestemt på det punkt. Han sagde, at hans søn havde fået tålmodighedens egenskab igennem sin forkærlighed for statistiske gennemsnit. Georg havde engang tabt sin madpakke ned i en roterende centrifuge og efter dette mente hans far, at han var diskvalificeret som akademisk forsker.

"Hvem i alverden kunne gennemføre en akademisk uddannelse i halvfjerdserne og så omgås med militarister?", tænkte Söderström, der fuldstændig havde glemt sin egen rolle som løjtnant med stort "L". Han havde elsket sin anglofile fremtoning med snoet overskæg og læderbeklædt "kompleksspind", som han bar under venstre arm. Dengang, og naturligvis stadig væk i sin inderste sjæl, troede professoren på aristokratiets ufejlbarlighed, overlegne intelligens og arvemæssige ret til at lede masserne.

"Hvem kan ellers lede landet?", tænkte Söderström halvhøjt og gøs ved tanken om den Ekstrabladslæsende pøbel, der havde invaderet Folketinget i de senere år.

"Penge, skandaler, bøsser og nøgne kvinder, det er, hvad der fylder folks hoveder idag!"

Langsomt, men sikkert oparbejdede Söderström en indre vrede og irritation over samfundet, politikerne, rockere, radikalister og skattevæsnet med mere. Alle gik i parade i hans formørkede sind, imens den sidste dråbe cognac gled ned i hans hals.

I virkeligheden var det tanken om Munch, der formørkede Söderströms sind. Munch havde med nederdrægtig bestemthed påpeget, at hans engagement i smuglersagen på ingen måde var glemt men blot lagt til side.

"Sagen", i organiseret form at smugle spiritus i store mængder forseglet i militære forsendelser fra FN-styrkerne mærket "støvler til reparation", er på grund af tiden forældet", havde Munch påpeget. "Professoren slap nådigt i kraft af visse personers indflydelse, bortset fra tolden naturligvis - men, det er jo ikke bare smugleriet med støvlerne", fortsatte Munch, imens hans kollega Harry iførte sig et fjoget grin.

"Der var jo også problemet med køretøjerne, der ejendommeligt nok kom hjem med tankene tomme, og så ikke mindst problemet med det store ammunitionsforbrug ved øvelsesskydningerne - det må have været den rene nytårsaften! Ja, det er utroligt, hvad man kan huske fra den tid", havde Munch sarkastisk sagt og nikket selvsikkert til Harry, som sad og fumlede med sin tjenesterevolver.

"Men det er let at glemme, hvis De kunne tænke Dem at hjælpe os lidt?", fortsatte Munch.

Söderström følte dybt ubehag ved denne afpresning. Han følte, at konfrontationen med fortidens synder, var uretfærdig.

"Det var jo ikke mig, der havde startet alt dette, og det var jo bare for spændingens skyld - og hvem kunne forøvrigt sætte sig op imod Commanderen - ihvertfald ikke en løjtnant", tænkte Söderström. "Og hvad forstår en strisser sig på militær rangorden - ingen kunne, og forøvrigt ingen ville undgå at være med i projektet".

Det vred sig i ham af forargelse; men tankerne fra dengang stimulerede hans humør. Udsigten til en spændende afvigelse fra det monotone universitetsliv virkede pludselig mindre skræmmende på Söderström.

Der var opstået en dyb stilhed, hvor Harry kløede sig nervøst i pungen, og grinede noget fjoget.

"All right, jeg vil afsætte fire uger inklusive symposiet i Limassol, længere tid går ikke!", havde Söderström svaret, og efter lang tids tovtrækkeri om finansieringen, hvor Söderström trak det længste strå imens Harry kløede sig på pungen eller dér i nærheden, var de endelig blevet enige. Söderströms opgave var at skabe kontakt med sin gamle ven Georg Pedersen, alias Oberst Scharck Scharckenlund, identificere personer af interesse, lytte til samtaler og foredrag, for så at viderebringe observationer til Munch. Söderström ville senere få instruktioner om hvordan.

"Satans til politi", tænkte Söderström, men længere kom han ikke, før stewardessen rev ham ud af tankerne med et tilbud om endnu en cognac.

"Du har så mange andre herligheder jeg hellere vil varme", tænkte Söderström, imens han forgæves med blikket ledte efter en åbning i stewardessens tilknappede skjortebluse, der dækkede en saftig barm.

Noget skuffet tog han imod den tilbudte cognac og en krøllet avis, som hans nabo havde skramlet med den sidste halve time. Han lagde avisen på toppen af en stak nyere afhandlinger publiceret af Dr. Schiller.

6

Flyrejsen og Oberstens minder

8000 fod under professoren og den veldrejede
stewardesse stampede et tungt lastet transportfly af
mærket "Hercules" sig frem langs en af Europa's militære
luftkorridorer med en marchhastighed på 540 km i
timen. Det grågrønne, tøndelignende fly bar diskrete
svenske nationalitetsmærker med underbetegnelsen
"Scan-Cyp".

Indvendig sad - eller rettere sagt hang - Oberst
Scharck Scharckenlund og adskillige søvnige FN-soldater
i selelignende sæder. Imellem stakkene af militær-grønne
køjesække, der var fastgjorte under et grovmasket net, lå
soldater hér og dér og sov i deres lyse khaki-uniformer og
med blå baretter over ansigtet. De, der sad, hang
ubekvemt rystende og gyngende i takt med maskinens
grove vibrationer. De høje motorlyde og stanken af
flybrændstof havde forplantet sig dybt ind i hovedet på
Obersten, som kun tænkte på sin dundrende hovedpine
og mangelen på hovedpinepiller. Han så ud igennem et
lille koøje-lignende vindue og skimtede en Boing 727,
som netop passerede forbi i stor højde.

Mødet på E-sektionen havde været en katastrofe for
Obersten. Vesterby havde koldt præsenteret ham for en
række beskyldninger, som han påstod klart kunne
dokumenteres i et materiale fra E-sektionens arkiver, som
han tilfældigvis havde været nødt til at undersøge på
baggrund af en aktuel sag, udtrykt i Vesterbys velkendte
jargon.

Det havde løbet koldt ned ad ryggen på Obersten. Sagsakter fra hans tjenestetid i FN var helt eller i fragmenter blevet lagt på bordet. Gamle udskrifter af militær-auditørens forhørsprotokoller sammen med lange materiel-opgørelser og flere af hans egne rapporter, materiel-rekvisitioner og lignende var nidkært blevet gennemgået af Vesterby og hans folk, for til sidst at blive sammensat i en tyk rapport, der nu lå på hans blankpolerede mahogni-skrivebord. Vesterby sad mageligt tilbagelænet i sin store højryggede skrivebordsstol og trommede med højre hånds fingerspidser på rapportens forside, der lignede E-sektionens rødlige sagsformular, tydelig mærket "NATO CONFIDENTIEL". Oberstens navn stod med store, fede bogstaver i rubrikken lige under.

Til højre for Vesterby sad en ung løjtnant, og over ham hang et stort guld-indrammet skilt med teksten: "Fjenden lytter!"

"Løjtnanten, der ydmygt nikkede hver gang Vesterby talte, var åbenbart en af disse nye superofficerer, der netop var blevet færdiguddannet i USA indenfor militær højteknologi og EDB", tænkte Obersten, der svedte nervøst i den ulidelige pause, der var opstået umiddelbart efter Vesterbys beskyldninger.

Obersten stirrede vantro på rapporten, der tilsyneladende lå bjerg-sikkert under Vesterbys trommende fingre. Det var umuligt for ham at forstå, hvordan Vesterby havde fået fat i de dokumenter, og hvordan han kunne drage så hysteriske og krænkende konklusioner. Det var jo for lang tid siden blevet bestemt i Generalstaben, at sagen skulle henlægges og akterne destrueres "i Rigets interesse", som det så smukt hed.

Selv udenrigsministeriet havde været indkoblet, og alt var blevet hemmeligholdt. Den lille sag angående spiritus-smuglingen i kasserne mærket med "støvler til reparation" var hurtigt blevet neddysset, da ingen direkte ansvarlig kunne udpeges. Det havde kun drejet sig om enkelt kasse, havde auditørens konklusion været i skrivelsen til Toldvæsenet, der surmulende havde henlagt sagen efter et mindre bødeforlæg og toldkrav. Transporterne var straks blevet afsluttet, og iøvrigt havde de fleste betroede allerede fået fyldt deres barskab. Hvem der havde bragt sagen til pressen, var der ingen der vidste.

"Det var jo kun en spøg, og alligevel fandtes der en forræder", tænkte Obersten bittert. "Men nu dette!". Det var umuligt for Obersten at forstå, hvordan Vesterby havde fået fingrene i disse papirer, og mange af dokumenterne havde han ikke selv set. Det var også umuligt for Obersten at gennemskue, hvad Vesterby egentlig vidste, da han nærmest opførte sig som M i "The Golden Eye". Obersten havde nervøst besluttet at spille komplet uvidende, så langt det gik. Vesterby, ivrigt sekunderet af løjtnanten, havde fremlagt det ene efter det andet, og for enden af en lang sammenhængende kæde af indicier havde de fastgjort obersten som hovedansvarlig for spiritussmuglingen, skønt han på det tidspunkt bare var løjtnant. Desuden havde de uspecifikt antydet, at andet belastende materiale var tilgængeligt. Vesterby havde med et hævnlystent slesk smil antydet, at det hele var meget belastende for obersten, og at hans fremtidige karriere nok var noget usikker.

Obersten var overbevist om, at det var simpel hævnlyst, der drev Vesterby. Han, Oberst Scharck

Scharckenlund, skulle ned med nakken og det for enhver pris. Han måtte straks tale med Vesterbys overordnede, E-chefen i Forsvarsstaben, som obersten havde truffet ved flere lejligheder. E-chefen kunne umuligt have sanktioneret Vesterbys aktioner, havde obersten højt fremhævet; men Vesterby grinede bare slesk og påpegede, at han skam havde selvstændigt operativt ansvar, som ikke ragede Pedersen. Officerernes tjenestemoral var en vigtig del af Forsvarets kampstyrke, og det lå inden for hans ansvarsområde!

Tanken om diskussionen med Vesterby og hans irriterende, sekunderende løjtnant fik det igen til at løbe koldt ned ad ryggen på obersten. Vesterby havde torteret ham langsomt med hentydninger og dårligt kamouflerede anklager, uden at obersten havde givet ham andet end en nydelse af at være ovenpå. Lange ophold i samtalen og beskyldningerne havde været næsten uudholdelige for obersten, der lamslået ikke vidste, hvad Vesterby havde oppe i ærmet. Men han havde holdt ud, indtil døren gik op med et smæld, og chefen for E-sektionen kom ind.

"De, Oberst Scharck Scharckenlund, er blevet udnævnt som militær observatør og speciel forbindelsesofficer til de Forenede Nationers Generalstab på Cypern", havde ordren lydt. "Vi har taget hensyn til, at de frivilligt ønsker udlandstjeneste for E-sektionen i kraft af tidligere erfaringer. De vil tjenstgøre i Mellemøsten med øjeblikkeligt varsel. Vi forventer, at De omgående opsiger deres stilling som Regimentschef!"

Smilet over Vesterbys ansigt havde taget unaturlige proportioner. "Tjensteordre og briefing vil finde sted på HQ på Cypern", havde E-chefen fortsat, imens den unge løjtnant under "Fjenden lytter!" så ned i gulvet. De vil rapportere direkte til Vesterby!

Vantro forlod obersten Kastellet og kørte nordpå for at pakke sin mahogni-navneklods, sin granat-lighter og sit kanon-ur. Der var ingen, der så ham forlade regimentet.

Premierløjtnant Frederiksen havde med interesse fulgt Vesterbys ankomst til regimentet og de efterfølgende skærmydsler. Vesterbys adjudant havde kontaktet Frederiksen tidligt om morgenen og informeret ham om "sagen" i fortrolighed. Frederiksen havde følt et snigende ubehag ved Vesterbys ankomst til regimentet og den såkaldte "fortrolighed". Det varede ikke længe, før han fik et telefonopkald fra E-sektionens chef, Generalløjtnant Morten Morgenstjerne.

"Frederiksen, generalstaben har bestemt, at De på nuværende tidspunkt skal forlade deres tjeneste!", var den bratte meddelse. Morgenstjerne fortsatte: "Kom øjeblikkelig ind til Kastellet for briefing - brug bagdøren!". Frederiksens havde kun eet svar: "Javel Hr. Generalløjtnant!". "Godt" svarede Morgenstjerne og lagde røret på. Frederiksen bestilte en jeep i materielgården, og kørte straks til Kastellet.

Frederiksen kørte ind på Kastellet igennem den mindre befærdede port ved Langeline og parkerede jeep'en et par huse fra generalstabsbygningen. Med faste skridt gik han om bag hovedbygningen og fandt imellem affaldscontainere og papkasser køkkenindgangen nedenfor en snæver stentrappe. Køkkenpersonalet, der var i fuld gang med at forberede frokosten, stirrede overrasket på Frederiksen, der gav en håndhilsen og et lille smil. Han forsvandt op ad trappen, gik igennem messen og fandt generalløjtnantens forkontor, hvor en adjudant sad ved et skrivebord.

Adjudanten sagde: "Gå straks ind!", uden overhovedet at se op.

Generalløjtnant Morten Morgenstjerne rejste sig op fra sin kontorstol og gik imod Frederiksen med fremstrakt hånd. De to mænd hilste varmt på hinanden.

"Det er lang tid siden, at du og min ældste søn, Søren, legede på Kastelsvolden!" Morgenstjerne fortsatte, imens han lagde sin hånd på Frederiksens skulder: "Han har stadigvæk den kanonkugle, I gravede ud!" Han pegede på en lænestol, satte sig ned i en anden og så varmt på Frederiksen.

"Erik, jeg er imponeret over din karriere i Forsvaret og de udenlandske uddannelser, du har gennemgået. Det kan ikke have været let?" Uden at vente på svar fortsatte Morgenstjerne noget sukkende: "Ja, som du ved, så valgte min søn en anden vej. Nå, nok om det, vi har arbejde foran os!"

Morgenstjerne beskrev i korte sætninger mordet på Schiller og relationen imellem Schiller og Bumburn, en leder i et dansk registreret medicinalfirma. Han fortalte med en hovedrysten, at Vesterby havde insisteret på at sende Oberst Scharck Scharckenlund til Cypern, men tilføjede, at der kunne være nogen værdi i det, da obersten kendte Professor Söderström, der af videnskabelige årsager var PETs valg for at drive "sagen" til en succesfuld afslutning.

"Jeg er sikker på, at du kender Jens Munch; han er nu kriminalassistent på Gården. Du ved, de avancerer ikke så hurtigt i politiet!" Frederiksen nikkede, og Morgenstjerne fortalte, at han havde en aftale med PETs nye chef, som var en gammel skolekammerat fra tiden på Stenhus Kostskole.

"Kriminalassistent Munch vil rejse til Cypern for at hjælpe dig og vice versa. Han vil ligesom du rejse som civil".

"Jeg forventer, at I vil samarbejde og fokusere på opgaven. Du vil få FN id med rang af oberst og et åbent kreditkort. Så vidt jeg ved, så vil Munch få det samme, men som Interpol kommisær".

"Vi har allerede informeret FN-administrationens leder; hans navn er Dr. Dewan Affall. Jeg kender ham godt. Hils på ham. Han vil introducere dig til Professor Söderström".

Generalløjtnant Mogens Morgenstjerne rejste sig, og indikerede dermed, at samtalen var afsluttet.

7

Sagen, Bumburn, Munch og Frederiksen

Sammenpakket i turist-klassen på samme fly som Söderström sad Munch og Harry Andersen og baksede med deres bakker omgivet af opstemte charter-rejsende, der sang og skålede over rækkerne af stolesæder. Middagsmåltidet var netop blevet serveret og der var langtfra plads til alle albuer. Derefter sov Harry ubekymret med højlydt snorken ved siden af Munch.

På første klasse sad Frederiksen i en let sommerskjorte og nød den serverede frokost bestående af oyster mornay, bøf Wellington, og som dessert en chokolade mousse let sprinklet med en god brandy.

Jens Munch og Erik Fredriksen havde kendt hinanden tidligere. De havde sammen gennemgået specielle CIA-uddannelser i USA; men det var første gang, de havde fået ordre om at arbejde på samme sag.

Enhver med kendskab til Christiansborgs bureaukrati ved, at samarbejde imellem myndigheder kræver noget særligt. Samarbejde mellem Politiets Efterretningstjeneste (PET) og Militærets Efterretningstjeneste (MET) var begrænset og den gensidige mistro var stor siden "Kejsergade Sagen". PET var bare interesseret i kriminelle enheder og organisationer, hvorimod MET, eller E-sektionen som den kaldes, siden krigen var paranoid overfor kommunister, hvor de end befandt sig. MET havde igennem NATO-samarbejdet mange lyttestationer, der opfangede og analyserede radiotrafik fra østlandene. De så spioner overalt, og København havde MET agenter i nœsten hver eneste bar eller café. Når Tivoli og Bakken var åbne, var det let at se agenter fra de to organisationer sidde og skule til hinanden. Folk bare trak på skuldrene, grinede, nikkede til hinanden, og sagde: "Kommisær Clouseau" fra den velkendte filmserie "Pink Panther". Munchs og Frederiksens uddannelse i USA var en politisk konsekvens af befolkningens indstilling. Regeringen ville forandre denne - i hemmelighed. Dr. Schillers mord var den første chance at demonstrere Regeringens målbevidsthed for at forbedre både MET og PET's effektivitet.

Hemmelighedskræmmeriet havde været stort, sejtrækkeriet langt, og ingen ville tabe ansigt. Ved et sent aftenmøde på Dag Hammerskjölds Allé var beslutningen blevet truffet hen over hovedet på de to efteretningsorganisationer: agenter skulle sendes til Cypern.

Det, der fik vægtskålen til at tippe over, var tilstedeværelsen af den videnskabelige direktør for medicinalfirmaet COVO International Dr. K. von Bumburn. Han var tidligt om morgenen blevet informeret af politiet om Dr. Schillers død, og havde omgående kontaktet statsministeren.

Bumburn havde ventet på Dr. Schiller med spænding. Schiller havde medbragt sine seneste forskningsresultater, som afsluttede et mangeårigt forskningsprojekt med Dr. Schiller fra universitetet i Tübingen. Resultaterne ville være banebrydende og sammenholdt med COVO's egen forskning kunne et medicinalprodukt udvikles med langtrækkende betydning for landet – og ikke mindst COVO's økonomi, havde direktøren forsikret Statsministeren.

41

Problemet var, at Dr. Schillers forskningsresultater var væk og ligeså hans laboratoriejournal, formentlig fjernet af morderen. Jernbanens regelmæssige grafitti-patrulje havde observeret aktivitet ved parkerede sovevogne og havde set en person løbe bort. Personen var beskrevet som mørk og af mellemøstligt udseende, med afrevet bukseben og en blodig næse, set løbende forlade en af de ventende sovevogne. Han havde hurtigt forceret hegnet for derefter at forsvinde i mørket imod Istedgade. En senere rapport fra kriminalassistent Harry Andersen havde antydet, at en personen svarende til denne beskrivelse ved "Birds of Paradise" blev samlet op af et ambassadekøretøj fra den sunniarabiske ambassade. Det var blevet rapporteret, at et privat jetfly, registreret som tilhørende en Prins Falus al Malal, havde forladt Kastrup Lufthavn klokken 5.45 med en kistelignende kasse mærket "Diplomatisk Post". Toldvæsenet var overbevist om, at kassen indeholdt en person, men var ude af stand til at gennemsøge diplomatpost.

Statsministeren havde taget von Bumburns opfordring til aktion meget alvorligt med tanke på COVO's fortsatte støtte til universiteternes forskning og derigennem - via talrige transportfonde - til hans partis valgapparat.

Statsministeren havde forsigtigt spurgt om karakteren af denne videnskabelige opdagelse, men var koldt blevet ignoreret af von Bumburn. Ved en senere forespørgelse havde von Bumburn noget presset mumlet, at der var tale om et supplement til et tidligere succesfuldt produkt til behandling af "erectile dysfunction". Statsministeren havde længe funderet over betydningen af udtrykket "erectile dysfunction"; men da ingen andre i det sene aftenselskab syntes at have problemer med dette, havde han afstået fra at ønske yderligere forklaringer. Han havde forsigtigt hvisket spørgsmålet i øret på sin sekretær, men var bare med et grin blevet besvaret med udtrykket "Viagra". Det var åbenbart noget af stor betydning!

Repræsentanter for begge efterretningsvæsener var tilstede ved mødet og havde lyttede reserveret til de kortfattede forklaringer, som von Bumburn havde givet. De var på alle punkter uenige. Omsider bad statsministeren dem om at holde kœft, hvilket de kun gjorde modstrœbende.

Dr. Schillers resultater havde stor betydning for COVO og for landet, og i de forkerte hænder ville de få en afgørende betydning for magtbalancen i Mellemøsten, overdrev von Bumburn. De skulle findes uden hensyn til omkostningerne. Von Bumburn havde forsikret, at hvis ikke de to sœt resultater blev parret sammen, kunne ingen at parterne udvikle en effektiv medicin. Deltagerne i mødet besluttede, at alt skulle hemmeligholdes, og at rigets bedste agenter, Munch og Frederiksen, skulle sendes til Cypern. Deres opgave var at finde Dr. Schillers resultater. Von Bumburn og Schiller havde planlagt at præsentere deres opdagelse på en biologisk kongres i Limassol med titlen "Copulation Chemistry in Animals and Man".

En plan blev iværksat, at von Bumburn skulle holde foredraget med de danske resultater. Munch og Fredriksen skulle så gribe enhver person, der kontaktede von Bumburn, indtil de manglende laboratorie resultater var fundet. Alle var tilfredse med den plan. Oberst Scharck Scharckenlunds udnævnelse til "militær observatør og speciel forbindelsesofficer til de Forenede Nationer's Generalstab", og Professor Söderströms deltagelse i Limassol symposiet blev ikke diskuteret. Repræsentanterne for de to efterretningsorganisationer gik traditionen tro hver til sit overbevist om, at det var bedst at holde hinanden i gensidig uvidenhed. Deres nye chefer, som ikke var tilstede, havde naturligvis andre ideer!

8

Under dovenskabens træ

Efter at Söderströms fly var landet i Larnaka på Cypern, tog han en taxa til Limassol for at undgå trængslen i lufthavnsbussen og checkede ind på hotel Plaza Limassol. Söderström noterede de nye farverige bannere, der var udspændte højt over hovedgaden med velkomsten "Limassol welcomes the participants of the symposium: "Copulation Chemistry in Animals and Man".

Det var varmt på Cypern og Middelhavs-solen skinnede stærkt på Söderström, som fandt det befriende omsider at kunne lukke døren til sit hotelværelse. Han åbnede glasdøren til balkonen, og den friske havbrise fyldte gardinerne. Det blå Middelhav viste sig fra sin bedste side. Söderström tog sit slips af og så ud over bugten, hvor flere mega-yachts lå for anker. Han noterede en usædvanlig stor luksus-yacht. Söderström kastede et blik på forsiden af "Cyprus Mail", hvor han læste, at farvandet udenfor Limassol have fået besøg af "Ibn Battuta", en 180 fod yacht fra Monaco, der ejedes af Sultan Abdul al Fahd's tredje søn, Prins Falus bin Malal.

Söderström havde ikke spildt tiden. Med interesse havde han læst Schillers artikler og dannet sig et indtryk af, hvor langt han var kommet i studiet af såkaldte "pheromoner"; kemiske forbindelser som specielt planter og insekter anvender for bestøvning af blomster og for seksuel reproduktion. Schiller var gået videre og havde

45

studeret pheromoner hos pattedyr inklusive mennesker. Et videnskabsområde der kan være kontroversielt. Da Söderström indså dette, løb det noget koldt ned ad hans ryg. Måske var det dette, der tilsidst blev Schillers død. Han spekulerede over resultaterne af Schillers metodiske forsøg, og bandt konklusionerne sammen. Schiller havde fundet, at kemiske signaler måske kan blive detekteret af et kemosensorisk organ, som hos menesker findes i næse-skillevæggen. Dette organ er formentlig degenereret, fordi det mangler sensoriske neuroner og deres forbindelse til hjernen. Söderström blev begejstret, da han læste, at Schiller havde opdaget en anden aktiv receptor i næse-epitelet, som specifikt kan detektere volatile aminer. Det er netop flygtige aminer, som er de kemiske emner, der findes i såkaldte pheromoner, kemiske substanser, aphrodisiaca, der kan påvirke seksuel adfærd.

Söderström tænkte på sin egen forskning i sammenlignende anatomi. Han fik engang afvist en videnskabelig artikel, hvor konklusionen var, at når en kvinde har højhælede sko på, så giver det hendes baller mere fasthed og for hende til at svaje mere i lænden. Det er derfor, at højhælede sko er sexede, var konklusionen. Redaktøren af tidskriftet anså, støttet af sine reviewers, dette for absurd og uvidenskabeligt. Söderström var skuffet, fordi han syntes, at det var logisk.

Söderström indså, at Schiller havde fat i noget interessant, men manglede den sidste brik i puslespillet. Han havde postuleret eksistensen af en aromatisk amin "copulin", knyttet til hormonet androsteron. Dette var baseret på hans forsøg med Rhesus aber. Men det var ikke lykkedes for ham at bevise, at "copulin" påvirker

46

menneskelig adfærd. Schiller havde konkluderet, at eksistensen af menneskelige pheromoner, der påvirker adfærd, stadigvæk er spekulativ og kontroversiel. Söderström troede ikke, at det var hele historien. Der var et vers til i den sang, tænkte han, imens han greb "Cyprus Mail", kastede sig på dobbeltsengen og tændte læselyset.

Söderström scannede forsiden; men først på side tre var nyhederne interessante. "Det var kommet til optøjer og demonstration under festligholdelsen af fødselsdagen for profeten Abdullah Al-Aves, der efter sin død genopstod som kalkun. En flok fundamentalister havde i det lokale supermarked besat en frysedisk, som indeholdt tilbudskyllinger. Demonstranterne forlangte at få kyllingerne tøet op og begravet i hellig jord. En repræsentant for de lokale fjerkræavlere forhandlede i flere timer med de oprørske fundamentalister for at forklare den realitet, at de frosne fugle ikke var kalkuner, men kyllinger, der tilmed var slagtet i overensstemmelse med de hellige forskrifter under fremsigelse af de dertil hørende bønner og besværgelser. Da fundamentalisterne tilsidst indså det uholdbare i at fortsætte besættelsen af frysedisken, drog selskabet højt råbende og under fremsigelse af slagord og forbandelser ud på gaden efter at først have befriet de mest standhaftige demonstranter ved hjælp af en isøkse. Journalisten fremhævede, at motionen under fællesbønnen bragte liv i de forfrosne demonstranter". Det gik op for Söderström, at han nu var i en anden verden.

Söderström så solen gå ned igennem en Metaxa brandy, syv stjerner. Han havde nydt lugten af brændende trækul og kebab fra gaden nedenunder, men havde besluttet at slappe af med en "room service" middag på balkonen og gennemgå sine botaniske noter fra tiden, da han studerede orkideerne i Troodos og Kyrenia bjergene. Nu - efter at tyrkerne havde invaderet Kyrenia - var det jo vanskeligt at få tilgang til Kyrenia bjergene nord for Nicosia. I FN-tiden var det bare at køre ind og nyde de køligere bjerge og fredfyldte enge. Og efter en lang arbejdsdag i naturen var en afsluttende snak på "Hilarion Castle" over et glas "Keo Claret" noget at se frem til. Söderström tilbragte mange timer med at finde orkideer sammen med sin gamle ven, Dewan Affall. Dewan havde en civil FN-stilling, men brugte det meste af sin tid på at studere orkideer.

Det var Söderströms gennemlæsning af Schillers akademiske arbejder, der satte tankerne igang. Han tænkte på *Serapias aphrodite*, en orkide der havde givet ham og Dewan nogle muntre oplevelser. Ialt så fandt de 32 arter, underarter og varieteter, mange der endnu mangler at blive fuldstændigt beskrevet. Han tænkte også på flere arters trivialnavne, fordi han havde glemt de latinske. Mærkelige navne som "Autumn Lady's hair" eller Autumn Lady's-tresses (*Spiranthes spiralis*), "Tungeblomstret Serapias" (*Serapias lingua*) og "Naked man orchid"' (*Orchis italica*).

Orkideer er højt specialiserede planter med blomster, der bliver bestøvet af insekter. Næsten hver orkide art bliver bestøvet af bare en eller to slags insekter. Hvis insekterne dør ud, så gør orkideerne det også. De kan ikke overleve uden deres bestøver. Söderström tænkte på sine forelæsninger; men der var een ting, han havde holdt for sig selv. En sen eftermiddag i en lille landsby, Polis, i det nordvestlige Cypern, havde han og Dewan gennemgået deres indsamlede planter for at presse dem til et herbarium. Til både hans og Dewans overraskelse så opdagede de, at hvis de lugtede til en frisk blomst af Afrodites orkide', *Serapias aphrodite*, fik de seksuel lyst! Hvis de lugtede til *Orchis italica*, Nøgen mand orkide', så forsvandt den. Først var det et chock; men senere så blev det bare grin. Specielt efter de havde lugtet til *Orchis simia*, Abe-orkide', da den bare fik dem til at grine.

Deres første offer var Løjtnant Georg Pedersen. Dewan og Söderström indsamlede et par små poser med blomster af Afrodites og Nøgen mand orkide'. Det første forsøg var med en dyr flaske rødvin. Forsigtigt overførte de til flasken et par pollinia, som er kølleformet udvækster, der indeholder pollen. Pedersen var lidt af en vinsnob, så det var ikke vanskeligt. Over en officiel middag i Officersmessen tilbød Söderström ham et glas, og det havde øjeblikkelig effekt. Söderström havde naturligvis antidoten fra Nøgen mand orkide' klar til sig selv. Pedersen var noget forlegen, da det var ham som yngste løjtnant, der havde opgaven stående at udbringe skål til middagsgæsterne flere gange. "Commanderen", som chefen for de danske styrker på Cypern blev kaldt, fandt det mindre morsomt, da der var flere officerer fra andre lande til stede. Pedersen var tvunget til i krabbelignende gang at forlade messen forfulgt af højlydt latter. Efter dette besluttede Söderström og Dewan at holde hemmeligheden for sig selv. På den tid opfattede de ikke opdagelsen som noget betydningsfuldt. Men det var nu klart for Söderström, at han havde undervurderet deres gamle observationer. Det var nu tid til at besøge Dewan Affall, som havde avanceret, og nu var FN's civile reprœsentant på Cypern.

9

Nobody i Nicosia

Munch og Harry ankom til Larnaka og svedte sig igennem de lange køer, der skjulte pas- og toldkontrollen. Køen bevægede sig med sneglefart, og det tog mere end en time, før de fandt sig selv i ankomsthallen, for kun at blive mødt af en repræsentant fra rejsebureauet som erklærede, at deres hotelreservation i Limassol var blevet aflyst! Reprœsentanten forklarede, at et symposium havde reserveret alle eksisterende hotelværelser. Han var ude af stand til at organisere en hotelreservation indenfor de eksisterende økonomiske rammer. Imidlertid så kunne han tilbyde et dobbeltværelse på et økonomihotel ved Metaxa Square i Nicosia for den kommende nat. Han ville forsøge at finde noget andet imorgen. Efter yderligere en stunds venten fandt Munch og Harry sig selv i en raslende bus, der med sneglefart fulgte den snoede vej imellem Larnaka og Nicosia.

Frederiksen og de andre passagere fra første klasse checkede ind igennem den automatiske VIP-automat og blev hurtigt ledt igennem tolden. Han lejede en klasse B bil og kørte imod Limassol med vinduet rullet ned. En privat lejlighed med havudsigt ventede på ham. Han havde lånt den af sin gamle ven i Nicosia, Avo Lefkarides.

Det var sent om aftenen, da Munch og Harry ankom til Metaxa Square i Nicosia, hvor de fandt deres hotel med indgang i en lille sidegade. Duften af kebab og lammekoteletter, stegt over trækul, var uimodståelig, da de hurtigt fandt ud af, at hotellets køkken var lukket for dagen. Efter at have droppet deres bagage på hotellet, tog det dem ikke lang tid at finde et lille gadekøkken, hvor de kunne stille deres sult efter en lang dag.

Metaxa Square var fuld af mennesker og familier med børn, der befolkede restauranterne i sidegaderne, som var oplyst af reklamernes kulørte neonlys. Der var biler overalt, og cyprioterne har en forkærlighed for at anvende hornet som en integreret del af deres trafikale eksistens. Cafeerne var fyldt med kaffe- og Ouzo-drikkende mænd. Eksotiske dufte fyldte den varme cypriotiske aftenluft. Harry var ikke sen til at opdage et oplyst skilt med teksten "John Ogder's Bar", der hang i kæder fra en jernstang udfra væggen i en sidegade længere borte fra deres hotel.

Efter en kort overtalelse lykkedes det Harry at overbevise Munch om, at en aften-øl var en rimelig afslutning på dagen. Munch var ikke overbevist om, at Harrys valg af etablissement var det bedste; men han fulgte med, og fandt de få trin op til baren let.

Indenfor fandt de til deres overraskelse en hyggelig bar med fadøl, og det tog ikke lang tid, før de sad bænket med hver deres pint. John Ogder's Bar var fyldt med forretningsfolk, ambassade- og FN-ansatte, de fleste med britisk baggrund, tiltrukket af det klassiske, engelske pub-miljø. Der var også cypriotiske forretningsfolk og statsansatte, der blandede sig vel ind i det øvrige klientel. Munch noterede, at der var flere FN-officerer med høj rang af mange nationaliteter fra både politi, hær og flyvevåben. Munch kunne se på Harry, at han nød stedet og atmosfæren i fulde drag og prøvede at lytte til konversationerne; men hans engelsk-kundskaber var begrænsede. Over baren hang en træplade med en stor ske og en tekstlinie under. Skeen fangede Harrys interesse.

"Du Munch, hvad tror du det betyder?" spurgte han og pegede over baren.

Munch så op; men inden han kunne svare, så havde bartenderens brede ryg skjult skeen, imens han dumpede et par friske pint's på deres bord.

Harry pegede op på skeen og spurgte noget nervøst: "What that name?".

Bartenderen svarede med et smil: "I think it is something from New Zealand. I think it is in Maori, they have some long words just like in Gaelic", og så forsvandt han bag baren.

Lidt efter kom han tilbage med et stykke papir med teksten "OGGMSTKMBMSUIKWIATA".

Munch så på teksten, imens Harry så op på skeen. "Hvad tror du, det betyder?", spurgte han Munch. Munch smilte let.

"Ja, hvad tror du, det betyder?" svarede han tilbage.

Harry så sig forlegent omkring, som om gæsterne stirrede på ham.

"Det ved jeg ikke, jeg forstår ikke Maori. Det ser besynderligt ud".

Munch lænede sig forsigtigt imod Harry og sagde med en lav stemme: "Jeg tror, det betyder: Oh God, give me strength to keep my big mouth shut until I know what I am talking about!", og brød ud i et stort grin.

Harry kikkede vantro på ham, og smilede forlegent. Han greb sin øl og tog en stor slurk.

Munch lænede sig tilbage og lyttede på samtalerne omkring sig. Han hørte Dewan Affalls navn nævnt mange gange, og han vidste, at han var den civile chef for FN styrkerne på Cypern. Munch havde tidligere truffet ham, da han tjenstgjorde i UNCIVPOL for et par år siden. Han var i seks måneder stationeret i en lille landsby "Polis" på vestkysten langt fra Nicosia og Limassol, så det var kun sjældent, at han kom til Nicosia. Munch lyttede opmærksomt, da fartøjet "Ibn Battuta" og også symposiet "Copulation Chemistry in Animals and Man" i Limassol blev omtalt. Der var mange grove kommentarer til symposiets titel og henvisninger til, at det åbenbart var i Limassol, at livet leves.

"Maybe next week Limassol is the place to go bird watching!" udbrød en ung flyofficer med et stort grin, samtidig med at han fjoget bevægede sine hofter frem og tilbage.

Da Munch og Harry var halvt nede i deres pint, klemte en velklædt herre af cypriotisk udseende sig ned på bænken ved siden af Harry. Han havde en frisk pint i sin højre hånd. Munch vidste, at han havde stået i baren et stykke tid, hvor han flere gange havde kastet sideblikke imod Munch og Harry. Munch havde gjort sit bedste for ikke at vise opmærksomhed, men havde fundet det noget generende. Han ville helst have, at de ikke blev genstand for nogen som helst opmærksomhed, da de var rejst til Cypern som privatpersoner, og deres identitet som agenter for PET skulle skjules for en hver pris. Munch så bekymret på Harry og pub-gæsten ved siden af ham. Han havde taget Harry med som en hjælpende hånd. Chefen for PET havde ikke inkluderet Harry i opgaven, men Munch havde insisteret, da han så, hvor skuffet Harry var. Harry havde forsikret Munch, at han ville gøre sit bedste og ikke give ham problemer. Munch havde på sin side haft en dybt alvorlig samtale med ham. Munch havde opremset alle de problemer, han kunne tænke på, og mest af alt – husk at holde munden lukket!

Cyprioten introducerede sig venligt på engelsk: "Hi Guys, my name is Avo Lefkarides, your names are?".

Harry så på cyprioten og så på Munch, imens hans ansigt blev rødt. Munch svarede roligt: "People call me Munch and this is my friend Harry, and you are from around here, I believe," i et forsøg på at ændre retningen på samtalen.

"Yea, yea, I run a local business in cameras, photo printing and that sort of stuff - just around the corner in Regina Street. Business is not as it used to be since digital technology has taken over, but come around; I will give you a good price," forsikrede Avo imens han tog en slurk af sin øl.

Avo Lefkarides havde virkelig en fotoforretning i Regina Street; men, som han sagde, det var dårlige tider, og han havde accepteret et job i det cypriotiske efterretningsvæsen "CCIA". Hans job var at skaffe så meget information som muligt igennem samtaler og at lytte i John Ogder's Bar, der var et velkendt tilholdssted for ambassadefolk og FN-personale. Desuden kontrollerede han en mindre ring af informatører i den tyrkiske sektor. Jobbet var ikke godt betalt og egentlig bare en ekstra indkomst, som gav ham lidt kontanter. Avo fik jobbet, fordi han havde udmærket sig, da Tyrkerne invaderede Cypern i halvfjerdserne. Desuden så talte han flydende armensk, græsk, tyrkisk og engelsk, da hans forældre var fra Armenien og blandt de tusinder af mennesker som flygtede til Cypern efter Ataturks brutale overgreb efter første verdenskrig. Avo havde ingen baggrund som efterretningsagent, men fandt jobbet interessant. Egentlig så var han tilfreds med sin forretning og modelflyklubben, en interesse han havde efter sin far. Men han behøvede en ekstra indkomst.

"You guys here for business?", spurgte Avo.

"No", svarede Munch, "we are here for a holiday, but all hotel rooms in Limassol were booked, so we ended up in Nicosia".

"Yea", stemte Harry ind i sit skoleengelsk, "we stay at hotel next door!"

Munck sank en klump. "Hvorfor i helvede kan Harry ikke holde sin mund", tænkte han, "det her kan blive ubehageligt!"

Avo tog ikke den beskrivelse som en fuldstændig sandhed. Det var sjældent, at to mænd i deres alder, som han havde bestemt til at være i fyrrerne, tog på ferie sammen, med mindre at de var på den anden side af hegnet, og det troede Avo ikke, at Munch og Harry var.

"Nice," svarede Avo. "Then you are going to Aphrodite's Birthplace on the south coast I suppose?" fortsatte han "and maybe a trip to Paphos to see ancient Greek mosaics, and have seafood dinner in the harbour?"

"Maybe," svarede Munch.

Harry brød ind: "We tomorrow are going to Limassol to check in, symposium you know, then maybe Aphrodite", annoncerede han med den selvsikkerhed, som kun to pints af øl kan give.

Munch havde fået nok. Han rejste sig og bekendtgjorde: "Time to leave" og så skuffelsen i Harrys røde ansigt. Med Harry på slæb søgte Munch efter udgangen og trak et lettelsens suk, da de omsider var udenfor i den varme sommeraften.

"Sagde jeg noget forkert?" spurgte Harry. Munch svarede ikke, men gik rask imod hotelindgangen.

Tidligt næste morgen fandt Munch og Harry bussen til Limassol. Straks efter raslede de sydpå på et par ubekvemme, hårde sæder. Det blev hurtigt varmt, 35 grader i skyggen, ingen luftkonditionering og ingen støddæmpere. På bagsædet sad Avo Lefkarides forklædt som koptisk munk, med et stort, falsk, gråt skæg og et par mørke briller. Han var vant til varmen, men ikke den varme kutte, og specielt ikke det store skæg. Sveddråberne løb ned ad hans hals, og han undrede sig over, hvad han skulle gå igennem for tyve pund om ugen.

10

Hovedpine på HQ

Det militære Scan/Cyp fly, en Herkules, landede midt om natten i Nicosia lufthavn med forsyninger, soldater og Oberst Scharck Scharckenlund. Obersten fulgte med soldaterne, der som får blev drevet igennem vagten til FN-hovedkvarteret. Soldaterne og deres oppakning blev hurtigt lastet på ventende lastbiler, der i en lang kolonne forsvandt ud igennem vagten og bort i natten. Tilbage i mørket stod Oberst Scharck Scharckenlund og funderede over sin ensomhed. En finger der prikkede på hans skulder, gav ham et lille chock. Han drejede hurtigt omkring og så direkte ind i ansigtet af en rødmosset engelsk sergeantmajor. Sergeantmajoren havde en hvid knippel i højre hånd og et hvidt armbind med to sorte "MP" bogstaver. Bag ham var to soldater med MP-armbind og ladte rifler. Sergeantmajoren så op og ned ad oberstens uniform, som var fremmed for ham.

"Do you have a permit for entry?", spurgte han i en stærk London-dialekt.

Obersten svarede nervøst på sit skoleengelsk: "Nej, men jeg har ordre til at melde mig til tjeneste i hovedkvarteret".

"Må jeg se Deres ordre!", forlangte sergentmajoren og rakte hånden frem.

Obersten famlede i sin jakkelomme og fandt et stykke A4-papir frem, som Vesterby havde givet ham.

Sergeantmajoren stirrede undersøgende på oberstens papir. "Jeg kan ikke læse det!", "Vil De venligst følge med!", kommanderede han, imens de to soldater med våben i hænderne placerede sig på hver sin side af obersten.

Sergeantmajoren kommanderede: "Fremad march!" og fortsatte "En, to, en to!" for at sikre, at obersten var i takt med hans to soldater.

Obersten næsten faldt over sin egne ben, noget uvant med sergeant-majorens faste autoritet. Inderst inde var han i chock. Aldrig før var han blevet udsat for militær disciplin på et så professionelt niveau. Sergeantmajoren og hans to soldater marcherede med obersten direkte ind i detentionen, hvor de gav ham en håndfast kropsundersøgelse og smækkede celledøren i bag sig.

Sergeantmajoren så på obersten i cellen og forkyndte: "Jeg vil vente på ordre fra min overordnede. Deres bagage vil indtil videre blive beslaglagt. Forvent ikke, at noget vil ske før imorgen efter klokken 9! Godnat!" Sergeantmajoren forsvandt ind på sit kontor. De to soldater placerede deres rifler i en ramme på væggen og satte sig ned ved et spartansk bord med et par kopper og et spil kort. Oberstens bagage ankom og blev dumpet i et hjørne.

Omkring klokken tolv ankom Söderström til FN-hovedkvarteret i en sort limousine med et blåt FN-flag flagrende fra en lille stander fastgjort på højre forskærm. Limousinen kørte direkte igennem vagten og svingede op foran en moderne kontorbygning. Söderström havde dagen før ringet til sin gamle ven, Dewan Affall, der havde sendt sin tjenestevogn til Limassol.

Noget efter kørte Frederiksen igennem den militære vagt, der hurtigt accepterede hans Id og gjorde stram honnør. Frederiksen havde taget sig god tid, da han var uvant med venstretrafikken. Desuden så nød han udsigten, da han kørte over Troodos bjergene.

Da Frederiksen blev vist ind i Dewan Affalls landskabsagtige kontor, var Söderström allerede etableret i en blød lænestol fast forankret til en kold Keo pilsner. Affall rejste sig og gav Frederiksen sin hånd. Han så på Söderström og sagde: "Söderström, hils på Oberst Frederiksen, han er fra din baggård så at sige." Frederiksen indså, at Affall havde studeret telegrammet fra Morgenstjerne.

Söderström havde sine øjne på Affall's sekretær og havde ingen interesse i at socialisere med en fra sin egen baggård. Han havde straks følt en uimodståelig tiltrækning, da han så Lisa Lefkarides. Hun var ikke mere end 155 cm høj, havde mørkeblondt hår, store mandelfarvede øjne, perfekt formede bryster og en bagdel, som en mand kunne dø for. Alle vidste, at hun ville være den perfekte elskerinde; men der var ingen, der havde en chance. Hun var en fristelse, som Afrodite, kun beundret på afstand.

Lisa rejste sig fra sit skrivebord med et stort smil og gik imod Frederiksen med fremstrakt hånd: "Erik, så lang tid siden - rart at se dig igen!" Frederiksen tog hendes hånd med begge hænder og kyssede hende på kinden. Hun rødmede let, imens tyngdekraften pressede Söderströms underkæbe ned mod gulvet. Han spildte lidt øl på sine bukser, men balancerede hurtigt øllen igen og rejste sig:

"Oberst Frederiksen, hvor hyggeligt at møde Dem!" udbrød han noget forsinket og noget forlegen.

Dewan viste Frederiksen en lænestol, og alle satte sig ned, imens Lisa gik tilbage til sit skrivebord. Söderström så op i loftet.

"Jeg forstår", sagde Dewan, "at I er her for at opklare et mord. Det kan blive noget besværligt, da Danmark ikke har nogen juridiske rettigheder på Cypern, og det eneste jeg kan gøre, er at henvise jer til de cypriotiske myndigheder".

Frederiksen havde på fornemmelsen, at Dewan havde mere at sige; men han ville formodentlig ikke involvere Söderström i de mere praktiske detaljer.

"Hvordan går det med dit arbejde med pheromoner?", fortsatte Dewan og så på Söderstrøm, som rettede sig i lænestolen.

Söderström tøvede lidt.

"Du behøver ikke være nervøs over Oberst Frederiksens tilstedeværelse - han er fuldt informeret", fortsatte Dewan.

Söderström forsøgte at forstå, hvordan Frederiksen var kommet ind i billedet, men indså, at udviklingen var løbet foran ham. Det irriterede ham grænseløst; men han havde intet valg. Intuitivt forsøgte han at koncentrere sig om opgaven og at ikke se i retning af Lisas skrivebord!

"Ja, jeg burde fortælle jer, at vi har Pedersen i "slammeren", fortsatte Dewan. Han har siddet dér, siden han ankom med en Scan-Cyp tidligt i morges. Jeg tror, at han nu kalder sig Scharck Scarckenlund. Han kom med danske papirer, som ikke kunne godkendes af vores sikkerhedsofficer. Vi har kontaktet Dancon i Morpheus Bay, og de har sendt et køretøj, der nu er på vej. Han vil blive eskorteret af et par MP's. Jeg tror, at der er nogen i Danmark, som vil give ham en lektie!"

Frederiksen morede sig.

"Lad os tale om dine arbejder, Lars", sagde Dewan til Söderström, "Er du kommet videre med orkideerne?"

Söderström rystede på hovedet: "Nej, egentlig ikke men jeg har studeret Dr. Schillers arbejder. Du ved, det er ham, som blev myrdet i København. Han har igennem flere år ledt efter humane vomeronasal organer. Han prøvede alt, men kunne ikke klart demonstrere pheromone substanser, der direkte påvirker menneskelig adfœrd. Jeg tror, at han har skjult noget. Indtil videre så virker det, som om at Schiller er sprunget på den vogn, der argumenterer for dopamine-systemet, det vil sige belønningssystemet, der spiller en rolle for vores adfœrd".

"Jamen hvorfor tror du, han blev myrdet?", spurgte Frederiksen. Han kunne fornemme, at Lisa lyttede intenst, selvom det virkede, som om hun var dybt inde i sit arbejde.

"Jeg kan kun gœtte", svarede Söderström, "men jeg tror, at direktør Bumburn på en eller anden måde har forstået de flygtige aminer, som vi opdagede virkningen af i *Serapias aphrodite*. Han vil formentlig ikke vœre interesseret i antidoten *Orchis italica*".

"Det, som giver mig en mistanke, er, at der for et stykke tid siden var et par krops-spray producenter, deriblandt COVO, som hœvdede, at deres produkt indeholdt humane, seksuelle pheromoner, der virker som et aphrodisiacum!"

"Det kan forklare Bumburns interesse i samarbejdet med Dr. Schiller; men der må nødvendigvis vœre en trediepart, for jeg kan ikke tro, at Bumburns folk ville myrde Schiller. Bumburn var jo i København for at møde dem!", brød Frederiksen ind.

Dewan Affall rejste sig pludselig op, gik over til vinduet og sagde: "Jeg ser, at Pedersens transport er ankommet. Jeg tror, han vil forlange at se mig. Jeg vil foreslå, at du, Erik, inviterer Lisa til frokost. Hun vil vise dig, hvordan I kommer ud igennem bagdøren".

"Du kan blive her Lars, vi har nogle småting at diskutere!"

11

The Golden Ass

Nicosia var varm ved middagstiden. Erik kørte Lisa til en lille restaurant, "The Golden Ass" i ambassadekvarteret. Den var velkendt, fordi den havde en kølig baghave, hvor de kunne sidde under beskyttende vinranker. Erik sad tilbagelænet og så på Lisa. Han følte køligheden under vinrankerne og indså, at han egentlig havde savnet Nicosia.

Hvad er betydningen af navnet "The Golden Ass", spurgte han Lisa. "Der må være en mytologisk forklaring, som alt her på øen?"

"Jeg tror, at ejeren har valgt det navn på grund af den dobbelte betydning, der passer til et diplomat kvarter".

Erik grinede, "Et æsel er et æsel, selv om det er gyldent!"

"Dit fjols" svarede Lisa med et smil, der gav Erik en varm følelse, han ikke havde kendt i lang tid. "The Golden Ass" er en novelle af den romerske forfatter Lucius Apuleius. Han skrev om Venus og Cupido. Han tilpassede historien til en romersk læserkreds og glemte, at den originale græske tekst er om Afrodite, Eros og Psyche. Det var intellektuelt tyveri. Du burde vide det!", sagde hun drillende.

Erik så ned i jorden. "Ja, du må undskylde, men jeg har ikke en mastergrad i antikkens historie; men du kan måske læse den for mig en dag?"

Lisa rødmede let: "Ja, måske - og før jeg glemmer det - Dewan gav mig denne kuvert til dig. Jeg tror, du vil finde den interessant".

"En anden ting - imens I snakkede, så fik jeg en besked fra Avo. Han er i vores lejligheden i Limassol. Du har en besøgende, en kriminalkommisær Munch, så det er bedst, du tager tilbage idag!"

Erik vidste ikke, hvad han skulle tænke. På en måde, så havde han set frem til en aften med Lisa, da det var år siden, de sidst havde set hinanden.

De nød begge en let frokost. Lisa fik et lille glas hvidvin. Erik fik en kold Keo øl fra det lokale bryggeri.

Under frokosten havde Erik taget mod til sig: "Du må undskylde, at jeg forlod øen uden at sige farvel på en ordentlig måde. Jeg har tænkt meget på det. Men jeg havde egentlig ikke noget valg. Jeg blev sendt til USA for at studere alt muligt militært - det tog to år!"

Han så på Lisa, der så på ham med et fjernt blik, som kun en kvinde kan. "Det var jo ikke let", fortsatte Erik, "dine forældre var jo ikke ligefrem imødekommende. Det virkede, som om uniformer skræmte dem. Men jeg kan forstå dem. Det var nok fordi, vi var for unge. Jeg må indrømme, at jeg var ihvertfald ganske umoden!"

Lisa så fast på ham: "Der er intet at bekymre sig om. Min far er død, og min mor er flyttet til London. Hun bor nu i huset dér".

Der var en kort tavshed.

"Avo klarer sig med fotoforretningen, og jeg har mit faste arbejde. Han sender regelmæssigt penge til London".

"Nu tror jeg, det er bedst, du tager tilbage til Limassol. Dewan og jeg skal deltage i symposiet og

Afrodite festivalen. Du og Avo må klemme jer sammen. Jeg kommer også til at bo i lejligheden!"

På en måde følte Erik en lettelse, han ikke kunne forklare men også en glæde ved igen at se Lisa. Han ville ikke læse for meget ind i det; men udsigten til at se hende i Limassol gjorde ham et let om hjertet.

Han kørte Lisa tilbage til FN-hovedkvarteret, sagde farvel med et let kys på hendes kind. Hun gav også ham et kindkys. I opstemt humør kørte han sydpå i sin lejebil.

Da Frederiksen nåede Troodos bjergene, stoppede han ved en lille restaurant og bestilte en kop kaffe. Han trængte til det. Efter at have nydt lidt kaffe og en imponerende udsigt åbnede han kuverten, som Lisa havde givet ham. Den indeholdt en efterretningsrapport mærket "UN Confidential". Den beskrev aktiviter i Mellemøsten, og specielt nævnte en Prins Falus al Malal, søn af Sultan Abdul al Fahd, regenten af Det Sunniarabiske Sultanat. Den nævnte Mustapha Al-Shit, som var blevet efterlyst igennem Interpol, og super yachten "Ibn Battuta". Den nævnte også en Melissa Yildiz, som var ny sikkerhedschef på Prinsens yacht, "Ibn Battuta".

"Jeg må heller tale med Munch", erkendte Frederiksen.

Turen ned til Limassol gik let, nu da han var lidt mere vant til venstretrafikken. Da han kom til lejligheden, så var det præcist, som Lisa havde fortalt ham. Avo og Munch sad på balkonen og så på solnedgangen igennem en kold øl. Frederiksen smed sin lette rygsæk på sengen og gik ud på balkonen.

"Ser man det", sagde han. "Venskaber bygges hurtigt over landegrænser!"

Avo rejste sig, trykkede Frederiksens hånd, og de gav hinanden et mandligt kram og klap på skulderen. Munch rejste sig også, og trykkede Frederiksens hånd.

"Jeg var træt af at blive skygget", sagde Munch, "så jeg gik til Avo og præsenterede mig. Det hele var ganske let, fordi jeg kunne huske, at du havde fortalt mig om Avo, så det var bare at lægge to og to sammen". Avo smilede let.

"Godt", svarede Fredriksen. "Det gør det hele meget lettere. Hvor er Harry?"

"Han sidder nede i havnen og studerer gummibådene, der farer frem og tilbage med folk og forsyninger fra havnen til de opankrede yachts derude".

"Jeg tror, at vi skal tale om det. Lad mig bare hente en øl", svarede Frederiksen og gik ud i køkkenet for straks efter at komme tilbage og slå sig ned i altansofaen.

"Jeg fik en efterretningsrapport af Dewan. Den er klassificeret, så jeg vil ikke vise jer den; men jeg kan vel altid tale i søvne!", begyndte Frederiksen og tog en slurk af sin øl.

Frederiksen beskrev detaljerne omkring Prins Falus al Malal, Mustapha Al Shit og Melissa Yildiz.

"Det vil ikke undre mig, hvis Mustapha er tilbage på yachten", sagde Munch. "Jeg er sikker på, at det var ham, prinsen sendte for at likvidere Schiller; men jeg ved ikke hvorfor".

Munch forklarede, at Harry havde observeret en person ved Birds of Paradise, og at hans beskrivelse passede med den i Interpol-efterlysningen.

Avo brød ind: "Jeg har fået Interpol efterlysningen og også en del info om prinsen og hans yacht. Immigrationskontoret i Larnaka lufthavn har rapporteret, at prinsens private jet landede uden passagerer, men med en stor kiste-lignende kasse mærket "Diplomatic Mail". Tolden kunne naturligvis ikke åbne den, så de gik bare igennem flyet uden bemærkninger. Begge piloter er cyprioter og kendt af os. Men kassen var noget ejendommelig og gav os mistanke. Det er derfor, at CCIA har sendt mig herned".

"Lad os se, hvad Harry har at fortælle, når han kommer tilbage", ræsonnerede Munch. "Jeg skal møde ham på hotellet omkring klokken 8. Han ved endnu ikke, at jeg har kontaktet vores skygge". Både Avo og Frederiksen nikkede.

"Vi har weekenden, før symposiet begynder" sagde Munch. "Jeg tror, at jeg vil bede om en audiens hos hans Højhed Prins Falus al Malal. Jeg har et Interpol Id, og det vil være interessant at se hans reaktion. Frygt skaber altid rod i køleskabet, så at sige".

"Jeg tror ikke, at det bliver nødvendigt", svarede Avo. "Jeg fik en besked for et stykke tid siden, at Kaptajnen på Ibn Battuta har begæret immigrations klarering, og jeg så, at de har hejst et gult flag. CCIA har bedt mig om at følge toldfolkene ombord. Jeg vil foreslå, at du kommer med mig", og nikkede til Munch.

Frederiksen nikkede samtykkede. "Ikke mere arbejde", udbrød han, "tid for en frisk øl!" De to venner nikkede samtykkende.

12

Ibn Battuta

Lige efter solopgang bragte Harry sin sovende krop ned til havnen og satte sig i hjørnet af Cofta's Café. Han bestilte en kop kaffe "metrio", som Munch havde lært ham. Han nød den kølige morgenluft efter en varm nat. Solen var lav og ikke en vind rørte sig. Harry observerede et par åbne fiskebåde med store lamper komme ind. De lossede kasser af med blæksprutter, og en dreng skovlede is fra en trillebør ovenpå. Fiskerne så trætte ud, og Harry forstod, at de havde været ude og lyse efter calamari hele natten.

Harry bestilte endnu en kop kaffe og også noget toast og syltetøj. Han fik næsten det hele i den gale hals, da to hvide VW busser, mærket "Customs" med store sorte bogstaver, kørte op foran landgangsbroen. Ud kom to uniformerede toldere efterfulgt af Munch og deres "skygge" Avo. Harry krøb ned i stolesædet, efter at Munch med en flad hånd diskret havde givet ham et signal. Han kendte signalet fra politiets hundeskole, hvor det betød "sid"!

Harry hørte en af tolderne kalde over sin radio: "Ibn Battuta, Ibn Battuta this is customs - over". Svaret var prompte: "Customs go to channel 69". Det lød: "69 it is," og tolderen fumlede ved sin radio. Og så: "Ibn Battuta, we request transport for clearance" og Ibn Battuta svarede: "We will be there!"

Ud af agterenden af Ibn Battuta kom en lang hvid gummibåd med glasfiberbund og et par store påhængsmotorer. Båden planede hurtigt, og i stærk fart sejlede den ind mod havnen. Før den passerede de to havnefyr, der stod for enden af de to stenmoler, som beskyttede havnen, tog den farten af og rejste en mindre bølge. Bølgen fulgte begge stenmoler og fik fiskebådene til at hoppe og danse fra side til side. De trætte fiskere løftede truende deres knyttede næver og råbte noget, der lød ganske uvenligt. Besætningen på gummibåden lod sig ikke distrahere og fortsatte i lav fart til landgangsbroen, hvor de uden besvær fortøjede fartøjet.

Harry måbede, da han så besætningen. Det var to kvinder i blå dæksuniformer. Begge var atletisk bygget. De bar sorte hijabs med et lille guldbroderi. Harry dukkede sig bag en vinranke og så i sin kikkert, at det lille guld broderi var en Janbyia krumkniv, som han kendte fra sit politiarbejde i København. Det løb ham koldt ned ad ryggen!

De to toldere, Avo og Munch gik ombord og satte sig i de hvide sæder bag ved styre-konsollen. Motorerne gik i tomgang hele tiden. Det fik besætningen til at hæve deres stemmer, og Harry kunne svagt høre, at skipperen på flydende engelsk over radioen begærede tilladelse til at bringe gæsterne ombord. Gummibåden forlod landgangsbroen og planede i stor fart tilbage til agterenden af Ibn Battuta, hvor den forsvandt ind i skroget, som om den var blevet slugt af en stor hval.

Agterenden af Ibn Battuta var en port, der kunne åbnes, og mindre fartøjer kunne sejle direkte ind. De gik ind igennem porten i lav fart. Gummibåden blev hurtigt fortøjet af fire dæksuniformerede kvinder med sorte hijabs. Yderligere to stod i baggrunden bevæbnede med maskinpistoler.

En kaptajn i hvid uniform mødte gæsterne med et stort smil og bød dem velkommen ombord. Ved hans side var en dæk-uniformeret kvinde med rang af kaptajn, afsløret af tre guldbånd på begge skuldre. Hun bar en pistol i bæltet.

Munch, som var den sidste, der kom op af gummibåden, så på begge kaptajnerne. Han fik kun et kort blik af den blåklædte kvindelige kaptajn, som netop drejede rundt for at lede gæsterne op til mandskabsmessen. Munch havde genkendt hende. Ikke direkte, men han var overbevist om, at han havde set hende før; men hendes hijab, der også dækkede munden, gjorde det vanskeligt at identificere hende.

Før de nåede lejderen til mandskabsmessen, passerede selskabet igennem et stor sektion med flere mindre gummibåde, alle med udenbordsmotorer. Derefter fulgte et område til dykning. Mængder af dykkerudstyr var velorganiseret og sikkert placeret langs begge sider. Der var bænke til dykkere på begge sider og centralt, observerede Munch, var der en dykkersluse, så dykkere kunne komme uset ind og ud af skibet. Munch prøvede bare at se frem og at virke fuldstændig uinteresseret i, hvad han så; men der var intet, som undslap hans opmærksomhed.

Mandskabsmessen var et stort, veludstyret lokale, mere luksuøst end han nogen sinde havde set, og langt fra, hvad han havde oplevet i de danske marinefartøjer, der sædvanligvis var rustbunker fra anden verdenskrig. På et bord lå en stor stak pas, sammenholdt med gummibånd, og en mindre stak dokumenter. Kaptajnen og de to toldere satte sig ned for at gennemgå formaliteterne. Kaptajnen erklærede, at intet materiel eller organisk materiale ville forlade fartøjet, og at de kun var interesseret i at gå igennem paskontrollen, så mandskabet kunne gå i land. Hvis post og lignende kom ombord, ville det være registreret som diplomatisk post.

Munch og Avo havde sat sig ned et stykke borte og beundrede baren og det store panoramavindue. På væggen hang der billeder af, hvad han formodede var Sultan Abdul al Fahd og hans søn Prins Falus al Malal, alle i store guldrammer. De øvrige billeder var næsten udelukkende af arabiske heste, og så et enkelt af en hvid, fortlignende bygning omgivet af palmer og et par kameler, og i baggrunden en strand med flere oplagte arabiske dow's. Munch så på den kvindelige, blåklædte kaptajn, som stod bagerst i lokalet, så hun kunne se alle personer samtidigt.

Da immigrationsformaliteterne var overstået, vendte kaptajnen sig imod Munch og Avo. "Jeg forstår, at I to herrer er fra Interpol. Jeg vil bede jer om at rette alle forespørgsler til vores sikkerhedschef, Kaptajn Yildiz, og han nikkede imod den kvindelige kaptajn. Munch og Avo rejste sig og gik hen imod den kvindelige kaptajn, der virkede nervøs.

Kaptajn Yildiz gav en militær hilsen, og på flydende London-engelsk bad hun dem om at sætte sig i en sofa ved væggen. Kaptajn Yildiz satte sig i en lænestol overfor. "Hvad kan jeg gøre for jer?", begyndte hun. Avo åbnede sin hånd imod Munch for at indikere, at han kunne indlede. Munch rømmede sig og sagde: "Interpol har udstedt en efterlysning af en vis Hr. Mustapha Al-Shit. Han var medlem af personalet på den sunniarabiske ambassade i London. Han er efterlyst for voldtægt. Han er sidst set, da han forlod Heathrow med diplomatpas. Vi har en formodning om, at han kan være her på Cypern, og vi vil gerne tale med ham". Munch rakte kaptajn Yildiz en kopi af Interpol-efterlysningen; men tog ikke imod den, så han lagde den på sofabordet.

En pause fulgte.

Kaptajn Yildiz sad med benene overkors og med foldede hænder. Hendes hijab dækkede stadigvæk munden. Hun sagde: "Jeg kan desværre ikke hjælpe de herrer. Jeg har ingen kendskab til en Hr. Mustapha Al Shit; der er ingen ombord under det navn". Kaptajn Yildiz henvendte sig til skibets anden kaptajn på arabisk. Han rejste sig fra den nylige servering af myntete og "turkish delights" og gav hende personalelisten fra immigrationspapirerne. Hun rakte listen til Munch. I det øjeblik hun bøjede sig fremover, gled hijaben lidt ned, men nok til at vise hendes mund. Munch så på hende med et fast blik; men hun så ned. Munch så på listen, selvom han på forhånd vidste, at der ikke var nogen Mustafa Al-Shit. "Lefkarides, jeg vil venligst bede dig om at hente mig en kop kaffe?", bad Munch. Avo så på ham og indså, at han vil tale med Kaptajn Yildiz alene. "Nå hvad", tænkte han, jeg behøver også en kop kaffe. Avo forsvandt imod baren.

Munch så direkte på Kaptajn Yildiz og sagde med lav stemme: "Melissa, hvordan har du det?". Hun så langsomt op med let åbnet mund. Hun så ned, pegede på personalelisten og sagde lavt: "Overvågnings TV ellers fint". Hun hævede stemmen: "Som jeg sagde; vi har ingen mister Mustapha Al-Shit ombord. Jeg kan ikke hjælpe Dem!"

Avo, som havde hørt det meste, bar to kopper arabisk kaffe hen til sofabordet. "Undskyld", udbrød han, "Jeg skulle have spurgt om, De vil have en kop kaffe" og så på den kvindelige kaptajn. "Nej tak", svarede hun, "jeg har ikke tilladelse til at socialisere med skibets gæster!"

I tavshed ventede Kaptajn Yildiz på, at Munch og Avo havde drukket deres kaffe. Avo så pludselig op og sagde: "Tolden har noteret, at en kiste-stor kasse ankom med privat fly fra København. Den er mærket som diplomatisk post til Ibn Battuta. Vi kan naturligvis kun gætte om indholdet; men den har vakt vores opmærksomhed. Jeg gad vide, om De kan kaste noget lys over indeholdet, så vi ikke længere behøver at bekymre os?"

Kaptajn Yildiz så fast på Avo: "Jeg kan forsikre Dem, at der intet er at bekymre sig om. Jeg er blevet informeret af Ibn Battutas kaptajn, at de venter på en kasse med reservedele. Af sikkerhedshensyn så kontrollerer vi alt, der kommer ombord. Jeg formoder, at det er, hvad De taler om?". "Ja", svarede Avo, "det kan naturligvis forklare kassen - tak for Deres venlige svar".

Munch og Avo rejste sig og takkede kaptajn Yildiz. For at følge arabisk tradition rakte de ikke hånden frem. De to toldere rejste sig også og gav skibets kaptajn hånden. Med skibets kaptajn i spidsen og Kaptajn Yildiz bagerst forlod de mandskabsmessen og kravlede ned ad lejderen til båd og dykkerdækket. De to toldere hoppede ubesværet ned i den store gummibåd. Avo tøvede lidt, da båden bevægede sig under vægten af de to toldere. Han bøjede sig bagover og skubbede Munch imod Yildiz. Munch greb Avo omkring livet for at støtte ham.

I det øjeblik følte Munch en hånd placere et eller andet i hans højre lomme.

Munch så op imod de kvindelige vagter med maskinpistoler for at sikre, at de ikke havde set noget. Skipperen af gummibåden stod ved rattet og et besætningsmedlem sprang frem for at gribe Avo. Yildiz gav en kommando på arabisk og endnu en dæk-uniformeret kvinde sprang frem og støttede Avo. Både Avo og Munch satte sig på et hvidt vinylsæde bag styre-konsollen. En dæk-uniformeret kvinde holdt båden fast med et reb omkring en pullert. Skipperen greb radio-mikrofonen: "Ibn Battuta, Ibn Battuta, this is Rubber Duck One. Asking for permission to take guest's ashore". Hurtigt fulgte: "Rubber Duck One, permission granted". Glasfiber-gummibåden forlod Ibn Battuta for fuld gas og drejede hårdt imod havnen. En bølge rejste sig på styrbords side og en mindre kaskade af havvand regnede ned på skipperen og passagererne.

Efter at have takket toldpersonalet gik Avo tilbage til sin lejlighed, hvor han var sikker på, at Frederiksen ventede med en kold øl. Munch gik tilbage til sit hotel, hvor Harry ventede. Han havde aftalt med Avo, at han ville komme til lejligheden tidligt næste morgen, og at det var bedst, at de ikke spiste aftensmad sammen.

Da Munch kom tilbage til hotellet, havde Harry mange spørgsmål. Munch forklarede, at han havde bedt Cypol om at hjælpe ham ombord på Ibn Battuta for at præsentere Interpol-efterlysningen af Mustapha Al-Shit. Han bad Harry om at gå ned til havnen for at observere aktiviteterne og specielt observere, hvornår en kistelignende kasse blev overført til Ibn Battuta. "Det kan ske når som helst - måske først imorgen. Spis din aftensmad hos Cofta og gå tilbage til hotellet når de lukker". Harry gik surmulende ud.

Munch kastede sig på sin seng og tænkte. Han stak sin hånd i højre lomme og fandt et lille stykke sammenrullet papir. Nervøst rullede han det ud og læste: "Eastern pier at one AM. See you!"

13

Mustapha's rejse

Mustapha var ved at dø af kedsomhed inde i transportkassen. Efter at jetflyet havde landet, lå han stille og ventede på, at tolden og immigrationen havde klareret flyet. Han følte, som om det tog evigheder på grund af den ulidelige smerte i højre ben. Han følte også, at hans bandager behøvede at blive udskiftet. Det hele gav ham en ulidelig irritation. Udenfor kassen kunne han høre, hvordan piloterne morede sig sammen med tolderne over kassen. "Man kan jo ikke fortolde et lig", grinede første piloten og bankede på kassen. Tolderne syntes åbenbart, at det var morsomt. Mustapha hørte, at piloterne tilbød tolderne en kasse fransk vin og to flasker god whisky. Tolderne havde i lang tid hentydet til en sådan transaktion. De diskuterede i lang tid prisstigningerne af cigaretter. Andenpiloten forsvandt ud i cockpittet og kom ind med en tung papkasse.

Stønnende satte han kassen ned og sagde: "Jeg er bange for, at der er en fejl i vores toldmanifest. Vi har desværre overset noget spiritus og cigaretter, som uheldigvis var glemt, fordi det var i cockpittet bag ventilationspanelet". Den tolder, som tydeligvis var den overordnede, sprang op i noget der lignede begejstring: "Det er ikke godt. I har tvunget os til at beslaglægge dette som kontrabande!" Uden at vente på et svar der alligevel ikke vil komme, rullede han tape flere gange rundt kassen: Tape'n var rødstribet med ordene "Confiscated by the Government of Cyprus". Tolderne greb kassen og med store smil bar de den ned af trappen for tilsidst at laste den ind i deres tjenestebil. De vinkede hen imod flyet, da de kørte bort. Piloterne vidste, at kassen var en god investering for fremtidig told kontrol og overhovedet ingen overraskelse for begge parter - det er bare en normal transaktion!

I kassen åndede Mustapha lettet ud. Det var varmt, han svedte, og hans sår irriterede ham. Nogen tid efter hørte han, at noget skete udenfor. Kassen blev løftet op og båret ned ad landgangstrappen. Nogle udenfor bandede på græsk, og en anden person gav dem ordrer på engelsk. Kassen med Mustapha blev brutalt lastet på en lastbil. Et par døre smœkkede i. Efter et par forsøg startede motoren, og han var på vej. Ved porten stoppede lastbilen og en konversation på græsk fulgte. Mustapha tœnkte, at det var nok porten med vagten. Han kunne høre bommen blive løftet, og lastbilen raslede videre ad en ujœvn vej. Mustaphas krop bumpede op og ned i takt med hullerne i vejen, og han bandede og svor i smerte, hver gang lastbilen kørte over en sten.

Omkring en time senere følte Mustapha, at lastbilen kørte ned ad bakke, og han gœttede på, at de nu havde passeret bakkerne ved Stavrovouni klosteret, men det tog endnu en time før han kunne høre, at de nu var kommet ind i en by. Hans krop var gennembanket og smerten i hans ben var nœsten uudholdelig. Han trøstede sig selv ved at presse Schillers mappe imod sit bryst. Han havde i alt fald udført opgaven.

Lastbilen stoppede hårdt, og Mustapha bandede, da hans hoved blev presset hårdt imod kassens trœvœg. Han hørte stemmer udenfor på både engelsk og arabisk. En gaffeltruck løftede kassen op, et par løftebånd blev lagt omkring den, og pludselig fandt Mustapha sig selv og kassen svævende i luften. Han kunne høre en kran arbejde og kassen blev langsomt placeret i en båd. Han kunne føle bådens bevægelser. Mustapha vidste, at der ikke var lang tid igen, før han kunne komme ud af den forbandede kasse.

Kassen var blevet lastet ned i den største tender fra Ibn Battuta, en 30 fod gummibåd med glasfiber bund drevet frem at to store 350HK påhængsmotorer. Mustapha følte bådens langsomme bevægelser fremad og mærkede vandets bevægelser. Med et ryk accelerede båden fremover, og stævnen løftede sig hurtigt, for igen at falde ned da planingshastigheden blev opnået. Mustapha behøvede et nyrebælte! Efter en kort tid stoppede båden og gled ind i Ibn Battutas skrog. Igen kunne han føle kassen blive løftet og dumpet hårdt ned på skibets dæk.

I ly af Cofta's vinranker havde Harry observeret at kassen var ankommet. Han rapporterede til Munch.

Skibslægen på Ibn Battuta åbnede kassen med et koben. Med besvær fik han låget af, der faldt på dørken med et brag. Lægen så ned i kassen, hvor Mustapha lå i træuld med armene fast omkring en brun lædermappe. Han var ikke sig selv og lugtede værre end et arabisk gedemarked.

En time senere stod Mustapha Al-Shit renvasket og med et frisk sæt tøj foran Prins Falus, som sad i sin officielle lænestol af sandaltræ med udskårede guldklædte kongelige regalier. Melissa Yildiz havde tidligere frataget ham Schillers mappe og overgivet den til Prins Falus. Hun stod nu bag ved Mustapha sammen med to bevæbnede vagter med sorte hijabs.

Prins Falus trommede med to fingre på enden af stolens armlœn imens han så på Mustapha: "Giv mig sandheden - hvad gjorde du ved Dr. Schiller?"

Mustapha beskrev sin kamp med Schiller, injektionssprøjten og hvordan han fik knivsår. I overdrevne og falske vendinger bekendtgjorde han med stolthed, at kampen have tvunget ham ind i en situation, hvor der ikke var nogen vej tilbage.

Prins Falus mistede tålmodigheden og skreg: "Er du klar over, at vi allerede har haft besøg af Interpol, som spurgte efter dig - de vil komme tilbage!" Det var en kriminalkommisœr Munch fra Danmark og en fra Cypol. De kendte detaljerne om dine eskapader i New York. Jeg er sikker på, at de har lugtet lunten. De antydede, at du var i København!"

Prins Falus faldt tilbage i stolen og åndede dybt. Han så på Melissa og de to vagter og så på Mustapha.

"Jeg ved ikke, hvad jeg skal gøre ved dig!", skreg Prins Falus og slog begge arme op i luften. "Hvis min far finder ud af hvad der er sket, så er der kun huggeblokken tilbage for dig!"

Prins Falus tœnkte på de mange gange, han som ung havde overvœret offentlige henrettelser. Hans far, Sultanen, havde forlangt, at hans sønner var tilstede fra tolvårs alderen, uanset hvor barbarisk det var. "Traditionerne skal opretholdes", krœvede sultanen, og han fik entusiastisk støtte fra sultanatets rigsråd, der bestod af velhavende stammeledere og œldre familiemedlemmer.

Bødlen anvendte et traditionelt arabisk svœrd og gjorde meget for at underholde tilskuerne. De ulykkelige ofre lå på knœ i sandet med en huggeblok foran sig. Ved halshugning var ofrene bagbundet. Denne straf var almindeligvis for illoyalitet imod sultanatet, mord og blasfemi. For tyveri var en arm bundet til blokken, så en hånd kunne blive hugget af.

Bødlen hævede sværdet op imod himlen og fremsagde højt et par bønner, som hovedsagligt bad Allah om beskyttelse og et succesfuldt hug! Han vendte sig imod tilskuerne og holdt sværdet frem med to hænder, viste sine guldtænder med et smil og sagde "Damascus stål"! De gik et gys igennem forsamlingen. Bødlen gik med sværdet fremstrakt langs den første række, og viste det frem som et nyfødt barn. Mange veg tilbage, og et kor af bønner kunne høres som en svag mumlen. Overtro i sultanatet er udbredt, og der var ingen, som ville røre sværdet. Det betød ulykke!

Mange af de dømte bad om tilgivelse i et desperat forsøg på at undslippe deres skæbne, men uden held. Mange skreg forbandelser over sultanen. Bødlen gik frem til rækken af de dømte, hævede sværdet og med grusom præcision huggede hoverne af én efter én. Blod sprøjtede ud over sandet, samtidigt med at ofrene faldt om. Et gys gik igennem de forsamlede. Mange veg tilbage og dækkede deres ansigter.

Dernæst var det tyvenes tur. Bødlen huggede hænder af, som om han høstede asparges. Han vendte sig igen mod de forsamlede og i triumf holdt det blodige sværd op med begge hænder. Tilskuerne brød ud i spontane råb, som priste Sultanen for hans retfærdighed. Ofrene skreg af smerte da bødlens hjælpere dyppede enderne af deres håndløse arme i rygende beg.

Prinsen kunne tydeligt huske den første gang, han overværede en massehenrettelse. Han havde grædt sig i søvn, imens hans mor forsøgte at trøste ham. Skrigene fra ofrene fulgte ham dag og nat; men med tiden betød det mindre og mindre for ham. Han havde lært, at Sultanen og hans familie havde mange fjender!

Prinsen havde kun en bekymring, og der var at sikre, at ingen vidste, at det var ham selv, der havde givet ordren til at likvidere Schiller. Han havde bevidst udtrykt sig i vage vendinger uden direkte at bruge ord som "likvidering". Han havde bare sagt, at Mustapha skulle fratage Dr. Schiller hans forskningsresultater og sikre, at han på ingen måde ville være i stand til at fortsætte. Prins Falus vidste udmærket, at Mustapha vidste, hvad der forventes af ham. Det var intet nyt. Det, som irriterede ham var, at Interpol var på sporet.

Prins Falus så igen på Melissa og de to vagter. Det slog ham pludseligt, at Melissa var tilstede, da han sendte Mustapha til København. Han følte en vis usikkerhed. Kunne han stole på hende? "Nej" tænkte han. Det var hans fars sikkerhedsofficer, der havde ansat hende som hans personlige livvagt. Det kunne han ikke gøre uden specifik ordre fra Sultanen. Prins Falus indså, at han havde et problem, som han på et eller andet tidspunkt måtte gøre noget ved.

"Hold hovedet koldt!", tænkte Prins Falus. "Lad os nu se, hvad der kan gøres", sagde han til sig selv og følte på Schillers mappe, som han havde stukket ned imellem sit ben og armlænet. "Lad os være alene", sagde han med et nik imod Melissa og de to vagter, der straks efter forlod lokalet og gik ud på dækket.

"Sæt dig ned", fortsatte prinsen, og med en højre hånds gestus viste han, hvilken stol han tænkte på. Mustapha satte sig med et undertrykt suk.

Prins Falus åbnede Schillers mappe, tog en gul A4 kuvert ud, nogle videnskabelige særtryk og en lille stak håndskrevne noter ud. Han delte materialet op i tre bunker og lagde dem på sofabordet foran sig. Prinsen så med overraskelse på kuverten, der var addresseret til "The Aphrodite Society of Cyprus", ℅ Dr K. Bumburn, COVO International. Mustapha undertrykte en gaben.

De to vagter og Melissa var straks gået ned til kabyssen under dœkket fortil. Fra anretterbordet gik et talerør i messing til messen oven over og et andet til baren i receptionslokalet, hvor prinsen og Mustapha sad. Melissa havde tidligere fjernet proppen i baren og nu fjernede hun den i kabyssen. Det var sent, så kabyssen var tom og staben gået til ro. Den vagthavende kok var på broen. Ved at lœgge øret til talerøret kunne Melissa høre det meste, prinsen og Mustapha talte om.

Prinsen åbnede kuverten med en papirkniv udsmykket med sølv og œdelsten. Han trak nogen foldede arkitekt tegninger frem, de så ud, som om de havde en del år på bagen. Der var også et gammelt, håndskrevet brev på dansk fra en Gustav Hetsch til en Hr. Peder Malling dateret 1836. Prins Falus forstod en del tysk fra sin uddannelse som diplomat, da han studerede på Cambridge; men han forstod ikke dansk. Han lagde brevet til side. Der var to hold tegninger, en œldre viste en skitse af et grœsk tempel, Der Tempel für Aphrodite, og en anden mere moderne viste en nœsten lignende bygning. I rubrikken i højre hjørne lœste han: "Reconstruction of the Temple of Aphrodite on behalf of The Aphrodite Society of Cyprus", og neden under: Architect: Dr. Gustav Friedrich von Schiller.

Prinsen rystede på hovedet og pakkede forsigtigt papirerne tilbage i kuverten. Hans interesse var nu på de øvrige papirer, specielt de håndskrevne noter. "Ja så!", udbrød han og så på Mustapha. "Jeg tror, at det er et udkast til den forelæsning, som Schiller havde planlagt at give på Limassol symposiet - han bad mig om penge til det!"

Prinsen sukkede let og læste hurtigt indledningen til diskussionen: "Jeg har her vist, at der findes en anden sensor-underklasse i det sensoriske næse epitel hos rhesusaber. Jeg kalder dem "Trace Amine-associated receptors (TAAR)". Disse sensorer aktiveres af flygtige aminer, der findes i urin og ikke mindst vigtigt i et forslagsvis nyt pheromone. Jeg vil understrege, at orthologe sensorer findes hos mennesker, og er derfor et indicie for eksistensen af en mekanisme for detektion af pheromoner hos mennesker".

Mustapha så på prinsen og prinsen så på Mustapha. Prinsen fortsatte: "Der er visse producenter, som påstår, at deres hygiejneprodukter virker som et aphrodisiacum. Andre har påstået, at androstenone i sved er et human pheromon. Faktum er, at den rolle som pheromoner spiller i menneskelig adfærd er vigtig, men skal ses i forbindelse med det dopaminergiske belønnings system". Efter det var der tegnet nogle hænder, som klappede!

Prins Falus så igen på Mustapha, som tænkte: "Jeg forstår ikke en skid af det hele!". Men prinsen tænkte: "Schiller har fundet noget, som han ikke har fortalt mig", og bladede hastigt om til "Materiale og Metoder" og "Resultater" for at finde formlen eller navnet på det "forslagsvis nye pheromon". Det var nævnt flere gange;

men formlen var visket ud og erstattet med ordet "COPULINS".

Prinsen fik koldsved og tørrede hånden af på panden og gned sit skæg. Han så på Mustapha, som så tilbage på ham med halvt lukkede øjne. Så greb han igen noterne og søgte frem til introduktionen. Her læste han i panik: "Jeg vil takke Prins Falus, Det Sunniarabiske Sultanat, og COVO International, for deres utrættelig støtte og finansielle bidrag".

"Har du hørt det? Han takker både mig og min konkurrent og så holder han sørme resultaterne hemmelige!"

Jalousi og vrede omtågede prinsens tanker. Han så på titlen af foredraget og læste højt: "Pheromoner hos primater og deres rolle i seksuel adfærd", og så neden under: "af Dr. Gustav Frederich von Schiller og Dr. Karl von Bumburn"!

Han sprang op af stolen og gik hastigt rundt på gulvet, imens han gned sig i skæget og bandede på arabisk. Han satte sig igen og tænkte: "Hold hovedet koldt! Hold hovedet koldt!". Prins Falus lænede sig frem, så stift på Mustapha og råbte: "Hvorfor fanden slog du ham ihjel - hvorfor talte du ikke med ham, din inkompetente idiot!"

På dette tidspunkt havde Mustapha næsten givet op. "Der er åbenbart et kommunikationsproblem", tænkte han og trak på skuldrene.

Prins Falus sad tilbagelænet i sin officielle lænestol af sandaltræ med udskårne guldbelagte, kongelige regalier. Han havde begge hænder på sine knæ. Han stirrede på Mustapha, som ikke tænkte mere.

"Hold hovedet koldt!" sagde prinsen højt til sig selv, imens han så fra side til side for at sikre sig, at ingen andre var i nærheden.

"Jeg tror, vi må forbedre vores strategi!" proklamerede prinsen. "Jeg foreslår, at vi anvender diplomatiske metoder!"

Mustapha troede ikke, at prinsen talte til ham, men i stedet til en fiktiv bestyrelseskomité.

Prins Falus proklamerede videre: "Jeg vil sende brevet med arkitekttegningerne anonymt til "The Aphrodite Society of Cyprus" og søge indflydelse ved hjælp af finansiel støtte." Han tænkte på Koranen med en check sat fast med en clips.

"Jeg vil beholde Schillers foredragsnoter og deltage i symposiet i Limassol!"

Prinsen vendte sig imod Mustapha: "Det vil blive din opgave at søge information om societetet og holde øje med de personer der deltage i symposiet". "Forstår du?" sagde prinsen med hævet stemme. Mustapha nikkede.

"Lad mig gøre det klart; der er folk ude efter dig. Jeg tror de bevogter havnen. Hvis du bliver anholdt af Interpol, kan jeg ikke hjælpe dig - forstår du?" Mustapha nikkede.

"Arrangér med Kaptajn Yildiz, at du kan komme i land uset, men regn ikke med støtte fra hende og hendes piger - forstår du?" Mustapha nikkede igen.

"Det var alt!", afsluttede prinsen og pressede på klokken til bartenderen.

Melissa og hendes to piger forsvandt hurtigt ud af kabyssen og ned til underdækket med dykkerslusen.

14

Mødet på molen

Avo, Munch og Harry spiste i cypriotisk stil en sen aftensmiddag i Cofta's café på havnen. Aftenen var mild, og der var ikke en sky på himlen. Den sydlige stjernehimmel viste sin pragt af stjerner, og lyden og lugten af hav gav dem en fredfyldt fornemmelse. Hos Cofta var der en duft af trækul og stegning blandet med duften af jasminen i restaurationshaven. De satte sig ned i et hjørne af haven, og det tog ikke lang tid før Cofta i egen person dukkede op. Han havde altid et godt øje for tilbagevendende gæster.

"God aften, god aften mine herrer!" udbrød han på fejlfrit engelsk: "Hvad kan jeg servere for Dem?" Han så på Avo og sagde: "Kalispéra sas kýrie", imens han bukkede let. Munch så på Avo og derefter på Cofta. "Aha!" udbrød Cofta og åbnede sine arme med et stort smil. "Det betyder god aften. Mine herrer; sig efter mig: Kalispéra sas kýrie, kalispéra sas kýrie!" Harry og Munch smilte og mumlede "kalispera, kalispera". "Ja", sagde Avo, "Det er jo altid en begyndelse!" Han vidste udmærket, at Munch havde lært sig noget græsk, da han tidligere var på Cypern. For at forkorte den græske parlør bestilte Arvo tre Keo pilsnere, som Cofta straks bragte. Efter en kort samtale på græsk bestilte han tre gange aftenens ret, og da den kom, skuffede den ikke. Først Calamari og stegte fisk med tazaki og hummus, og så grillstegte lammekoteletter med græsk salat og chips. Der var ingen, som gik sultne i seng!

Da Cofta's lukkede klokken elleve, gik Avo tilbage til lejligheden og Harry til hotellet. Avo havde aftalt med Munch, at han skulle observere molen med kikkert. Harry var allerede faldet i søvn to gange, så det var bedst at sende ham i seng. Munch fandt en bænk i skyggen for havnens lamper.

Efterhånden som spisestederne lukkede, så forsvandt kunderne, og nogen tid senere så forsvandt lyset fra vinduerne. Restaurations-folket pakkede sammen, og kørte hjem. Det var nu stille på havnen. Kun et par gadelamper oplyste pladsen foran restauranterne. De sidste fiskere havde forladt havnen i deres motorbåde, der var udstyret med store lamper til blæksprutteefiskeri. Munch rejste sig efter at have sikret sig, at der ikke var nogen tilskuere. Han gik langsomt ud på den østlige mole, satte sig på en sten og ventede. En pelikan havde taget ophold yderst på molen. Klokken var nu 0.45.

Munch sad og tænkte på Melissa. Han havde truffet hende på CIA-kurset i USA. De var blevet trænet i hold, og han dannede par med Melissa. Det var hårdt at gå igennem felttræning i jungleterræn. De blev sendt ud med stor oppakning, våben og sprængstoffer, men kun lidt at spise. De fik alle bestemte opgaver. Når opgaverne var løst til deres instruktørs tilfredshed, så var det afsted igen. De blev nedkastet i faldskærm på indlandsisen i nærheden af Thule for på ski tilbagelægge en lang distance. I Bahamas blev de i dykkerudstyr med lukket kredsløb sendt ud fra en undervandsbåd gennem torpedorøret. På land måtte de vandre igennem vanskeligt terræn for at sprænge en cementkonstruktion i luften. Men de lærte hinanden at kende ganske vel, da man i sådanne operationer var afhængige af hinanden, og træningen lagde stor vægt på samarbejde. "Don't leave your friend behind!", var prædikenen om og om igen. Munch prøvede at være professionel; men det var svært at være alene, når der var tid til afslapning på basen. Han kunne mærke, at Melissa følte det samme. Den hårde træning og strabadserne havde knyttet dem sammen. Den sidste del af kurset bestod af politispionarbejde i en storby i midtvesten. De havde skygget en formodet heroinsælger, der tilhørte et stort kartel. Munch havde erfaring som kriminalassistent, men Melissa var ikke trænet i politiarbejde. Hun gik for hurtigt frem, og blev taget som gidsel og ført ned i en kælder. Munch havde set det hele med bekymring. Han fulgte straks efter og måtte slå et par intetanende vagter ud, før han kunne komme ind i kælderen for at befri Melissa. Hun var blevet slået flere gange; men med fælles hjælp kom de ud, og efterlod to personer med flere skudsår. Efter denne oplevelse mente han at kunne læse i Melissa's øjne, at der var mere end blot det kollegiale samarbejde. Munch var dog ikke 100 procent sikker. Ved kursets afslutning tog han mod til sig, og spurgte hende, om der var mulighed for en fortsættelse. Hun så på ham, og sagde noget andet, end hendes øjne fortalte ham: "Sorry, I have to go back, but you never know, maybe sometime later!" Hun gav ham et varmt smil og et kys på kinden. Det var det sidste han så til Melissa.

Pludselig fløj pelikanen op med et misfornøjet skrig, og baskede med sine vinger for at flyve over til den vestlige mole. Munch så, at der var noget som bevægede sig i vandet. Det var en person i en sort neoprendragt. Han kunne høre, at personen kun anvendte snorkel og ikke luftflasker. Op af vandet kom Melissa, og han rakte hende en hånd for at hjælpe hende op på en sten. Hun behøvede ingen hjælp, men tog smidigt fast i kanten, gav et par kraftige bevægelser med finnerne og løftede sin krop op, vendte hurtigt rundt, for så at sidde sikkert på stenen. Hun tog masken og neoprenhætten af, og rystede sit hår, der faldt løst ud over hendes skulder. Munchs hjerteslag øgede en del, da han så hende sidde dér. Han kunne ikke erindre, at han havde set en smukkere kvinde.

Munch tænkte overhovedet ikke på, at stenen var våd, men satte sig ned ved siden af hende. Hun så hurtigt på ham, og sagde: "Nå, dér er du så!" Munchs hjerte fløj op i halsen, og svarede: "Ja, det tog sin tid; men bedre sent end aldrig!" Melissa så uroligt ud mod Ibn Battuta.

"Det er ikke let at komme uset fra skibet. Mine piger dækker for mig; men det kan kun blive en kort tid. Vær forsigtig Jens; Prins Malal kan være farlig, og hans agent kom i en kasse".

"Jeg ved", svarede Munch.

Melissa fortsatte i hurtige vendinger: "Jeg ved ikke, hvad du er ude efter, men jeg tror, at prinsen er interesseret i symposiet her i Limassol og også i Afroditefestivalen. Han taler meget om en Dr. Bumburn og et medicinalfirma, som hedder COVO. Jeg forstår, at du repræsenterer Interpol?"

Munch bekræftede, og fortsatte: "Min opgave er at finde morderen af en vis Dr. Schiller og i det mindste forsøge at finde de papirer, morderen tog fra ham."

Melissa så bekymret på Munch: "Jeg tror, der er en konflikt imellem vores opgaver. Jeg og mine piger skal på sultanens vegne beskytte Prins Malal; men sultanen ved ikke, hvad hans søn er ude på. Jeg skal rapportere tilbage til sultanatet; men prinsen gør alt for at forhindre det!"

Melissa tænkte et par sekunder og sagde så: "Prinsen ønsker at deltage i symposiet. Han har studeret noget materiale, som hans agent gav ham. Jeg og mine piger skal være hans livvagter. Jeg formoder, at du også vil være der. Vær diskret!"

Hun gav Munch et vådt kys på kinden og forsvandt ud i bølgerne med et: "See you there!"

Jens Munch sad tilbage med en underlig følelse.

15

Slammeren

Et hårdt "God morgen!", kommanderet af sergeantmajoren, vækkede brat oberst Scharck Scharckenlund. Refleksivt satte han sig op på bænken, og så sergeantmajoren stå udenfor cellen flankeret at to bevæbnede soldater. Hans hjerne var ikke helt vågen. Noget bedøvet noterede Scharck Scharckenlund, at sergeantmajoren og hans soldater var i pletfrie ny-pressede uniformer. Han følte det, som om han var blevet kørt over af noget stort og beskidt, der havde efterladt ham ubarberet og øm over hele kroppen.

"Rejs Dem, fat bagagen!", kommanderede sergentmajoren, samtidig med at han åbnede celledøren.

Obersten rejste sig i et ryk, greb sin bagage og stod "giv agt". Sergeantmajoren kommanderede: "Fremad march - en, to, en to!". Obersten marcherede fremad fulgt at sergeantmajoren og to bevæbnede soldater.

Den stærke sol næsten blændede ham, da de kom ud af vagten. Han kunne skimte en mindre lastbil foran sig. "March på stedet!", kommanderede sergeantmajoren, "En, to, en, to, stop!", og obersten stoppede.

"Deres transport til Dancon er kommet!", råbte sergeantmajoren, "De vil blive overført til Dancon i Xeros, hvor De skal de bringe deres papirer i orden og rapportere tilbage til HQ!"

Dørene på begge sider af lastbilen blev åbnet. På den ene side kom chaufføren ud og på den anden side en løjtnant. De var begge klædt i grønne uniformer med

FN-distinktionsmærker og danske flag. Begge bar lyseblå baretter.

Laddet i lastbilen havde bænke på begge sider, og var dækket af en grov presenning. På bænkene sad to bevæbnede Dancon FN-soldater. De sprang straks ned fra laddet.

"Sid op!", kommanderede sergeantmajoren. Obersten tog lamslået sin bagage og kravlede op på en af bænkene. De to soldater fulgte efter. Chaufføren sikrede baglågen, og han og løjtnanten satte sig tilbage i førerhuset. Sergeantmajoren gjorde honnør, da lastbilen kørte ud igennem vagten.

Afsted gik det med en militær fart på 60 km i timen ad en støvet, ujævn vej, der ledte vestpå til Morphou Bay og Xeros, hvor Dancon havde deres hovedkvarter.

I mere end to timer, og i 35 grader Celsius, bumpede obersten og de to soldater op og ned på lastbilens hårde træsæder. Støv kom ind overalt, i oberstens øjne, ører og næse. Det friskede noget op, da de kørte langs Morphou bugten i en frisk søbrise. Lastbilen stoppede foran vagten, der sløvt løftede en hvidmalet bom. Lastbilen fortsatte igennem teltlejren og til områdets eneste faste bygning, der var hastigt sat sammen af betonsten med et tag af korrugerede stålplader. Vinranker var plantet langs væggen og en enkelt kaktus her og der. Hvidmalede sten markerede overalt de trådte stier og beplantninger. Over en bred dobbelt-dør, strakt ud over det meste af bygningen, hang et stort skilt: "Headquarter for DANCON: The Danish Contingent, United Nations in Cyprus".

Løjtnanten steg ud af lastbilen, og de to soldater hjalp obersten ned. Han kunne næsten ikke stå på benene og svajede fra side til side. Løjtnanten greb hans arm: "Du må heller komme ind og få en forfriskning, før du skal se Commanderen". Obersten så hurtigt op, og understregede vredt: "Det er De, og mit navn er Oberst Scharck Scharckenlund!" Hans stemme var nœsten ved at knække over i desperation hjulpet af den tørre luft. "Som du vil", svarede løjtnanten og slap armen. Obersten sank noget sammen men greb sin bagage og fulgte løjtnanten, der ledte ham ind i officersmessen.

Et par ventilatorer i loftet kørte rundt og rundt; men både løjtnanten og obersten svedte. De satte sig i et par slidte lœnestole. Messemanden, som også svedte, bragte obersten et stort glas vand og en kold eksport Ceres pilsner.

Obersten drak vandet, og bœllede straks derefter det meste af pilsneren ned. Han havde ikke spist noget i lang tid. Pilsneren gik ham straks til hovedet. Messemanden kiggede på Obersten og fik hurtigt erstattede den tomme flaske med en fuld. Løjtnanten drak vand. Messemanden gav obersten et par stykker sammenlagt smørrebrød og endnu en pilsner. Obersten slugte det hele i et par mundfulde og skyllede det ned med mere pilsner. Han mærkede, at lokalet begyndte at bevœge sig, og at løjtnanten var noget uskarp. Obersten lœnede sig tilbage for at hvile hovedet, og var nœsten ved at falde i søvn. Han nikkede og prøvede at se, hvad der var foran. Løjtnanten rejste sig, greb fat i obersten og skubbede ham tilbage i lœnestolen.

Commanderens chauffør stak hovedet ind igennem døråbningen: "Den gamle vil se jer nu!", sagde han højt, og forsvandt. Obersten forsøgte at komme op af lœnestolen; men før det lykkedes, havde løjtnanten grebet ham under den ene arm. Messemanden kom til hjælp, og greb under den anden. Triumviratet vaklede ud i korridoren og ind i commanderens forkontor, hvor adjudanten så på processionen med måben.

Før nogen sagde noget, så gik døren til commanderens kontor op med et brag, og ud kom oberstløjtnant Freidenstein. "Min gamle ven Pedersen, velkommen til Cypern!", råbte han og greb oberstens slappe hånd. "Du må hellere komme ind!". Oberstløjtnanten gav et vink til løjtnanten og messemanden, og de bar obersten ind til en ventende lænestol overfor commanderens skrivebord. Commanderen gav igen et vink, og både løjtnanten og messemanden forsvandt ud af kontoret og lukkede døren efter sig.

"Pedersen, hvad i alverden har du rodet dig ind i?" spurgte Freidenstein. "Hvordan kunne du forlade Kastellet uden internationale papirer. De kan ikke læse dansk hernede!"

Obersten forsøgte at koncentrere sig og mumlede: "Jeg tror, Vesterby er ude efter mig. Jeg ved ikke sikkert hvorfor". Han lænede sig tilbage for at samle sig. "Vesterby gav mig en kuvert, jeg checkede den ikke!"

"Tag det roligt Pedersen; jeg vil fikse det for dig. Jeg tror, du vil nyde opholdet her. Jeg forstår, at du har arbejde i Limassol; men det må vente lidt", ræsonnerede Freidenstein.

Obersten hørte en lille klokke ringe i forkontoret, og to stærke arme løftede ham op af lænestolen, slæbte ham ud i solen og ind i en jeep. Den havde bløde sæder. Jeepen kørte et kort stykke vej, og to arme løftede ham ud af jeepen og ind igennem en canvas-dør. Obersten følte, at to arme holdt ham op og at to stœrke hœnder greb om hans ankler. Det nœste øjeblik lå han på ryggen i en seng. Han genkendte det grove uldtœppe. Alt blev mørkt og stille.

"Er solen stået op", tœnkte obersten, idet han forsøgte at holde sin hånd over øjnene. Men intet skete, lyset skinnede stadigvœk, og blœndede ham helt. Pludselig rejste han sig halvt op i sengen og slog hovedet imod noget, der straks flyttede sig. Lyset forsvandt, og han hørte en mumlen. Det var varmt. Han følt et stetoskop på sit bryst, og hørte en beroligende stemme.

Langsomt kom han til sig selv og indså, at han var på et felthospital, og at to militærlæger så på ham. Den ene med en pandelampe og den anden med et stetoskop. "Du er ok, bare lidt dehydreret!", sagde den ene læge. "Pas på hernede i varmen!", sagde den anden læge. "Her, drik dette", sagde den ene læge, og gav ham et glas med en noget tyk vœske. "Det er elektrolytter og drik meget vand bagefter". Obersten nikkede og slugte sin medicin, der nœsten fik ham til at kaste op. "Der er vand i termokanden", sagde den anden læge. Begge læger gik ud af teltstuen, og ind kom en sygeplejer. Obersten læste et plastikmærke over hans højre brystlomme: "Nurse". Han lagde sig tilbage i sengen og sukkede dybt.

Sygeplejeren havde to pakker med sig, som han lagde på nabosengen. Uden at sige et ord åbnede sygeplejeren pakkerne, og lagde to uniformer ud på sengen. En khaki tropeuniform og en grøn feltuniform. Fire skjorter, fire feltskjorter, fire par sokker og fire underbukser samt en blå baret med et FN-uniformsmœrke, plus to håndklœder.

Sygeplejeren vendte sig mod obersten: "Jeg tror, at det her vil holde dig forsynet for en tid. Sko og støvler må du købe selv på depotet eller i Nicosia". Obersten rystede lidt på hovedet: "Det er utroligt, hvor hurtigt disciplinen bryder ned, så snart man er ude af landet. Hvad er der vejen med at sige De?", tænkte obersten noget opgivende.

"Åh, jeg havde nær glemt. Middagen serveres i officersmessen klokken 18 sharp; det er om tyve minutter. Brusebad og vaskekummer findes på den anden side af teltindgangen. Toilettet er lokummet i den østlige side af lejeren - pas på røvsnapperne!" Sygeplejeren forsvandt ud af teltværelset, men stak hovedet ind igen: "Her er et brev fra commanderen", og han lagde en A4 kuvert på oberstens bryst.

Obersten lå på sengen, og kikkede op på teltloftet. Lidt sol skinnede ind igennem et hul. "Det var noget bedre, da jeg tjenstgjorde i Nicosia. Vi boede i huse i ambassadekvarteret. Nu er Dancon blevet reduceret til en teltlejr", sukkede han. "Hvad fanden gør de hernede?" Obersten åbnede brevet.

"Kære Pedersen", begyndte det. "Jeg har fikset dit papirarbejde. Her er dit FN Id-kort".

Obersten så på Id-kortet, og til hans lettelse var det udstedt til oberst Georg Scharck Scharckenlund.

Brevet fortsatte: "Billedet er ikke nyt; men det ligner godt. Du må få et overskæg så hurtigt som muligt. Du er blevet bevilget et tjenstekøretøj. Jeep'en er parkeret ved messen. Kør til Limassol over Troodos så hurtigt som muligt, da tyrkerne har lukket vejen via Polis. Medbring udrustningsforsendelse til Frederiksen; den er i din jeep.

Du kan droppe din bagage i telt 5A, sektion 1; dér er dit logi, når du er her".

Obersten så på et ark papir, der var hæftet til brevet. Det var en kopi af en tjensteordre i det normale format underskrevet af Generalløjtnant Mogens Morgenstjerne. Arbejdssted: Cypern, Tid: indtil videre, Rapporter til: Oberst E. Frederiksen, Limassol.

Obersten troede ikke sine egne øjne. "Oberst E. Frederiksen, er det min adjudant?", tænkte han. "Hvad i alverden er der sket her? Nå, jeg vil nok finde ud af det". Obersten havde givet op. Han så på sit ur, sprang ud af sengen, greb et håndklæde, og vandrede barfodet og i hast over til vasketeltet.

16

Harry på havnen

Det tog ikke lang tid, før Harry havde fundet sin plads på havnen. Harry Andersen var født på Samsø i en fisker-bonde familie. På syv tønder land dyrkede de tidlige kartofler i sandet jord. Tidlige forårskartofler er altid værdsat af københavnerne. Efter en lang vinter ventede alle på den første høst. Turister flokkedes på øen for at smage på foråret. Kartoflerne blev serveret med stegte forårssild og en klat smør, en kombination af smag og forår der ikke kan erstattes af noget som helst andet.

Harry og hans far fiskede sild med drivgarn udenfor Besser Rev, og så lidt mere mod nordøst med bundgarn efter torsk og rødspætter. I turistsæsonen satte de garn over blandet hårdbund for at fange taskekrabber og en sjælden gang hummere. Turisterne betalte godt for krebsdyr, der for mange var sommerferiens højdepunkt.

Arbejdet i kartoffelmarkerne var hårdt; men når kartoflerne var klar sidst i maj eller først i juni, efterlod de bare en spand, en greb og et skilt med ordene: "For bedste kvalitet grav dine kartofler her og betal på gården". En pil viste vejen. Sommergæsterne gravede, og betalte uden at kny.

Imens fiskede Harry og hans far. De var tidligt oppe - længe før solopgang. De kom tilbage med baljer af urenset garn, lidt før Harrys skole startede. Når han kom hjem fra skole, ventede baljerne på ham, og han startede sit arbejde. Hans far havde taget fangsten, og solgt det han kunne til kooperativet. En del blev solgt fra gården, hvor de havde krabber, rødspætter og sild liggende på is til turister og sommergæster. Imens var hans far tilbage i kartoffelmarkerne for at luge ukrudt.

Det viste sig tidligt, at Harry var ferm med en garnnål og hurtig til at rense garn. Det bare flød igennem hans hænder. Han trak garnenden op af baljen, og fastgjorde den til et søm i skurvæggen. Under sømmet var der et vel slidt hul, hvori han anbragte et kosteskaft. Så var det bare meter for meter at hænge garnet op; der blev holdt lodret af en blyline i bunden. Harry rensede garnet med højre hånd og hængte det på kosteskaftet med venstre. Det var monotont arbejde; men for ham gik det hurtigt, og han tænkte på mange ting, imens han arbejdede. Hans mor kom ofte frem og så beundrende på ham fra den todelte køkkendør.

Ofte var der store huller i garnet, særligt når det havde stået på hård havbund. Det skete ofte, at en lystsejler ødelagde mange meter af garnet, hvis den fik bøjerebet i skruen og trak det hele over bunden. Almindeligvis så fandt de garnet igen; men der ventede et stort reparationsarbejde. Det var her, Harry viste store evner. Han havde lært sig alle kendte garnknuder og kunne knytte dem med lethed. Han knyttede garnposer, og nettene reparerede han ved at knytte garn over de ofte store huller. Hans far var stolt af ham, og det var med en blanding af stolthed og sorg, at de tilsidst sendte ham til skolen i Århus på fastlandet hjulpet af et stipendium. Hans lillebror skulle fortsætte i hans fodspor; men det gik ikke, som hans far havde forestillet sig - lillebror'en var doven og uinteresseret.

Trods presset fra sin far, som ofte bad Harry om hjælp, holdt han fast ved sit skolearbejde og sit stipendium. Da han var 18 år, blev han indkaldt til militærtjeneste, og før han vidste af det, var han gift med naboens datter, ventede et barn, og havde en udsigt til at fortsætte i sin fars fodspor. Hans kone havde andre idéer. Hun ville bort til Århus eller København. Et liv på landet i delvis fattigdom var ikke attraktivt. Så Harry blev lidt længere i militæret, og efter en tid søgte han ind på politiskolen i København. Hans lillebror arbejdede uinteresseret på gården, indtil deres forældre døde. Derefter blev den solgt på tvangsauktion. Harry så aldrig sin bror igen.

Harry sad nu på Cypern hos Cofta og observerede bag vinrankerne alt, der kom og gik på havnen. Cofta havde en idé om, hvorfor Harry sad der. Når Harry og Munch spiste aftensmad sammen, havde Cofta lyttede til samtalerne. Avo, der havde kendt Cofta i mange år, havde talt med ham i fortrolighed og bedt ham holde øje med Harry. Harry, derimod, havde fra første færd set, hvor fiskerne samlede sig for at sortere fangsten og reparere deres net. Fiskerne havde et stort overdækket område langs den østlige mole i læ for sydvestvinden. Der var pæle gravet ned i sandet; de bar en tagstruktur dækket af korrugerede stålplader. Her sad fiskerne i skyggen og snakkede, imens de arbejdede med deres garn. Deres koner og døtre havde et separat område, hvor der også var et køkken. Det var kvinderne, som sorterede fangsten; men mændene der solgte den. Gamle mænd sad yderst i kredsen og lyttede til samtalerne, samtidigt med at deres fingre legede med en bønnekæde. De havde sol-garvet hud. Engang imellem kunne Harry høre deres grove stemmer blande sig i samtalerne - almindeligvis efterfulgt af en accepterende nikken eller grinen. Smil og grin vandrede altid rundt i gruppen af forsamlede fiskere og deres koner.

Allerede efter hans anden dag på havnen gik Harry over til fiskernes skur og sagde de ord, Cofta havde lært ham; men med sin sædvanlige samsøske jovialitet: "Kalí méra, kalí méra, pós eísai? Og svaret rungede fra mange munde: "Kala kala, Kala kala!". Med en håndbevægelse fik han anvist en ledig stol. En af fiskerne råbte noget til kvinderne i køkkenet, og straks kom et slankt glas, ligesom det, alle andre allerede havde i hånden. Harrys glas indeholdt et par centimeter af en klar væske. Det var ouzo! Harry stirrede på glasset i sin hånd, der straks blev toppet op med vand, som gjorde det mælkehvidt. Et stort smil fløj over hans røde ansigt, og han rakte glasset i vejret med et: "Skål!" Svaret rungede i skuret: "Efthymía, efthymía". Harry indså, at Cyprioterne viste en særlig gæstfrihed, han ikke tidligere havde oplevet.

Efter at alle sammen havde skyllet noget ouzo ned, så pegede Harry på et net med et stort hul og så sig omkring. Uden at vente på en reaktion tog han en rulle garn, der stod på en gammel tønde, og op af baglommen trak han en stor garnnål. Det tog ham kun kort tid at vikle garnet op på nålen. Harry greb nettet, og med præcision og energi arbejdede han sig over hullet, der med elegance blev repareret på kort tid. Fiskerne rejste sig op og klappede. Mere ouzo blev bragt ind, og de gamle mænd fra yderkanten kom ind og vurderede Harrys arbejde sammen med de andre fiskere. Snakken gik og ouzo'en fløj i mange timer. Tidligere så havde Harry hentet en stor spand med Keo pilsnere fra en lille købmandsbutik på hjørnet. Købmanden havde observeret det hele og forudset udviklingen, fordi Harry

101

hver aften havde købt Keo pilsnere, når han gik tilbage til hotellet. Når spanden kom ind i fiskernes skur, blev den hurtigt fyldt op med is.

Det varede ikke længe, før alle net var repareret og klar til næste fisketur. Samtidigt fortsatte det glade selskab med taler, sang, øl og ouzo. På et tidspunkt kom Cofta over med en lille vogn med fade af nybagt, græsk brød, toppet med tomater, rødløg, hvidløg og olivenolie. Han bar tilbage et par spande fulde med sild og calamari, der skulle blive aftenmåltidet i hans restaurant. Købmanden bragte mere øl. Gæsterne til Cofta's restaurant gik først ind til Cofta, men gik så videre til fiskernes skur. Efter en tid dukkede en bouzouki, en harmonika og en håndtromme op, musikken gik igang og derefter dansen. Cofta ankom med oliestegte sild, calamari, mere brød, en stor salat og stakke af chips. På det tidspunkt var Harrys syn og hukommelse noget svækket, men han fortalte Munch, at han så sild og blæksprutter svømme bort fra skuret; men til hans overraskelse så kom de tilbage!

Efter dette havde Munch ikke kun to øjne i havnen, men mange. Om natten, når Harry sov, holdt lys-fiskerne øje med hvad der foregik på havnen, og om morgenen tidligt var det garnfiskerne. Der var ingen, der ønskede ubehagelige elementer i deres midte. To dage senere rapporterede Harry, at en person midt om natten var blevet landsat på stranden øst for havnen. Han kunne også rapportere, at det var en mørkhåret mandsperson sidst i fyrrerne, og at han havde indlogeret sig hos Maria, som drev en "bed & breakfast" i en lille sidegade nær ved havnen. Alle kendte Maria. Hun kom dagligt på havnen for at snakke med kvinderne og hente lidt fisk. Hun var enke efter en fisker.

Senere nœste dag gik Harry til købmanden for at betale for Keo pilsnerne. "Min anisycheís, min anisycheís", forsikrede købmanden med et smil. "Everything has been taken care off!" Skuffet gik Harry ned til skuret og fik dér det samme svar. Han vidste ikke, at Avo allerede havde betalt købmanden og organiseret en "informationsgruppe" med vågne øjne og skarpe ører. Harry havde kun to øjne og to danske ører; men han havde lang tids politierfaring! Til fiskernes tilfredshed så hjalp Harry med garnene hver eneste dag og fandt hurtigt trøst for sin ensomhed. Fiskerne og deres koner talte ofte om, hvilken kone der ville passe til ham!

17

Operation Ibn Battuta

Jeep'en og oberst Scharck Scharckenlund kørte ad støvede veje fra Xeros til Lefka og videre til Troodos. Han nød den varme aftenluft og den svage stjernehimmel bag en fuld måne. Luften flød velgørende gennem jeepens kabine, der kun havde en presenning som tag. På den tid var der ingen trafik på vejene, og chancen for at møde en hyrde med sin gedeflok var lille hvis ikke umulig. Der var få lys fra de små bondegårde, der gemte sig i vin- og majsmarker. Han gav jeep'en gas op ad de stejle bakker. Han nåede Troodos uden besvær og drejede ind på den asfalterede vej til Limassol. Et stort skilt annoncerede, at han nu var 5.500 fod over havet, og luften føltes lidt køligere.

Nu gik det nedad. Obersten gav jeep'en gas, og følte en frihed, han ikke havde kendt i lang tid. Han indåndede den befriende luft. Han var sluppet ud af Vesterbys greb, og han følte, at han var blandt venner. I alle fald havde Freidenstein behandlet ham godt og hjulpet ham med de papirer, som Vesterby i sin slimede nidkærhed havde forsynet ham med. Obersten sagde højt for sig selv: "Jeg vil nu glemme Vesterby og koncentrere mig om min opgave. Jeg vil ikke bede folk om at holde op med at kalde mig Pedersen, men istedet bede dem om at kalde mig Georg uanset rang". Han råbte ud i den varme aftenluft: "Kald mig Georg, kald mig Georg!" En flok geder i en fold var de eneste, som svarede.

Obersten ankom til Limassol noget før midnat. Han fandt Avos lejlighed efter den beskrivelse, som Frederiksen havde sendt til Freidenstein. I lejligheden var Lisa, Avo, Munch og Frederiksen. De havde hygget sig på altanen over en drink efter middagen. Harry var på havnen.

Obersten introducerede sig selv til selskabet: "George, George Scharck Scharckenlund", forsøgte han. Han så på Frederiksen med et lille smil. "Jeg forventede ikke at finde dig her; men det glæder mig at se dig igen!" Frederiksen bemærkede forandringen i oberstens sprog.

Munch så op: "Du har noget udrustning til os, tror jeg", og han kunne knap skjule sine forventninger. "Ja", svarede obersten. "Det er nede i jeep'en". Både Munch og Frederiksen sprang op og for ud ad døren, for så at komme tilbage slæbende på en stor militærgrøn kasse forseglet med bly-segl på begge låse. De fik den bakset ind i lejligheden, og sikrede sig, at der ikke var nogen uden for, der havde set dem. Ejendommen var næsten tom her udenfor turistsæsonen.

Obersten så på kassen med en Keo pilsner i hånden. "Låse", tænkte obersten og huskede pludselig, at han havde nøglerne i brystlommen. Han rakte dem til Frederiksen, da han endnu ikke rigtigt havde forstået, hvordan en kriminalkommisær var involveret i militære anliggender. Obersten forsøgte at slappe af. Han var den eneste i uniform, og det virkede, som om alle i selskabet var venner.

Kassen blev hurtigt åbnet, og både Munch og Frederiksen checkede, at indholdet passede til listen, der lå på toppen af alt materiellet. Det, der først kom ud på gulvet, var to sorte dykkerdragter og to sæt dykkerudstyr

105

pakket ind i plastik og mærket: "rebreathers". Både Lisa og Avo kikkede på udstyret med interesse. "How nice", udbrød Lisa. "Det ville være sjovt at prøve!"

Munch og Frederiksen checkede dykkerflaskerne for åndingsgas. Frederiksen forklarede, at udrustningen absorbere kuldioxid og erstattede den ilt som dykkeren bruger, og at udstyret var beregnet for lavt vand på grund af ilt-partialtrykket. "Idéen er, forklarede Frederiksen, at udrustningen ikke afgiver luftbobler, der vil afsløre tilstedeværelsen af en dykker".

De fandt, at alt var i orden og lagde det hele ud på gulvet. Et stykke vokspapir skjulte to plastikkasser med håndtag og fire plastik-ammunitionskasser. Munch så på indholdet. "Aha", MP5'ere, hvor godt", sagde han og holdt maskinpistolen op for at checke, at kammeret var tomt for ammunition. Han så igen ned i kassen. "Det bliver endnu bedre, de har også givet os lyddæmpere og godt med ammo!"

"Jeg forstår det ikke", udbrød Lisa, "Skal I slå nogen ihjel?"

"Nej", svarede Frederiksen, "Der er skarp ammunition; men hvis det overhovedet bliver nødvendigt at skyde, så vil vi bruge gummikugler og udelukkende for at beskytte os selv".

Munch fortsatte: "Vi vil gøre et forsøg på at få fat i de dokumenter, der blev fjernet fra Dr. Schillers bagage. Dernæst vil vi se, hvordan Melissa klarer sig. Jeg har en ubehagelig fornemmelse af, at prinsen på en eller anden måde vil begrænse hendes frihed". Avo nikkede samtykkende.

Frederiksen rettede sig imod Obersten. "George, jeg tror, at Lisa har booket et værelse til dig på Limassol

Plaza, hvor Dewan også er. Jeg har købt dig et sæt civilt tøj, som jeg håber, du kan passe". Lisa bekræftede med et nik: "Værelse 317". "Indret dig på hotellet og kom ned på stranden øst for molen klokken 1.30. Gå, som om du er en hotelgæst, der er ude for at få frisk luft. Hold dig i nærheden af vores lejebil og hold et øje med den. Hvis du ser en mørkhåret middelbygget mand midt i fyrrerne, der viser interesse for vores bil, så prøv at underholde ham. Men pas på; han kan være bevæbnet, og han er bestemt farlig. Jeg vil forklare senere". Obersten var målløs, men nikkede bare og forsvandt ned til sin jeep.

Avo, Lisa, Munch og Frederiksen tog al udrustningen, forsvandt ned af trappen, og lastede det i Avo's folkevognsbus. Alle kørte ned til havnen. Lejebilen blev parkeret lidt øst for molen på en udsigtsplads, hvor man kunne se udover stranden, havnen og de opankrede yachts ude på reden. Folkevognsbussen blev kørt ned på havnen til en ventende fiskebåd, som Harry havde lejet. Lisa, Avo, Munch og Frederiksen hoppede ned i båden, og udstyret blev lastet ombord. Harry forsvandt med folkevognsbussen, da fiskebåden passerede fyrene for enden af de to moler og sejlede ud imod Ibn Battuta.

Ombord på Ibn Battuta havde tingene taget en dramatisk vending. Prinsen var blevet informeret om, at hans far, Sultan Abdul al Fahd, var afgået ved døden, og at det forventedes, at han ville blive udnævnt til Sultan, når Sultanates Rigsråd havde gennemgået sørgetiden og de traditionelle ritualer.

Prinsen havde længe ventet på dette. Han havde været tålmodig; men det var alligevel en overraskelse, at sultanen døde så pludseligt. Sidst han så ham, var han rask og energisk, så prinsen undrede sig over, hvad der var sket hjemme. Han var bekendt med mord og mordforsøg på sin familie gennem mange generationer. Prinsen var helt klar over den mulighed; men han havde ikke travlt med at rejse tilbage til Det Sunniarabiske Sultanat, før han havde færdiggjort sine forretninger på Cypern.

Prinsen havde på Melissas anbefaling sendt Mustapha i land, da han udgjorde en risiko, hvis Interpol og Cypol bestemte sig for at undersøge skibet. Nu havde skæbnen spillet ham gode kort i hænde, og han bestemte sig til at anvende dem på den bedste måde, han kunne tænke sig.

Prins Falus havde bestemt sig for at "fejre" sin fars død med en champagnefest, og inviteret officersbesætning og de fleste af Melissas sikkerhedsvagter.

Inden da havde Prinsen først forsøgt at komme i lag med Melissa. Han havde inviteret hende ind i sit private kontor, ved at foregive at de skulle diskutere sikkerheds-arrangementet for sin deltagelse i symposiet "Copulation Chemistry in Animals and Man". Melissa havde intet valg, og fulgte prinsen ind i kontoret. Han havde lagt sin arm omkring hende; men Melissa havde hurtigt skubbet armen væg fra sin hofte og var trådt et skridt tilbage. Hun havde set vredt på prinsen, der ignorerede hendes reaktion. Derefter havde han talt i sukkersøde vendinger, om at han havde planlagt en fremtid for hende, hvis hun ville gå i hans tjeneste, når Mustapha var blevet sendt tilbage. Prinsen havde tilbudt hende et anseligt salœr og havde igen forsøgt at lægge armen omkring hende. Melissa anså prinsen for at være noget naiv, hvis han troede, at hun ville sluge tilbudet uden videre. Igen afviste hun hans tilnærmelser hårdt, og i et stramt officielt sprog forklarede hun prinsen, at hun var ansat af sultanen og dennes sikkerhedschef, og at hun på nuværende tidspunkt ingen interesse havde i at ændre dette. Prinsen havde hurtigt skruet op for sin vrede og truede hende alvorligt. Han forsøgte at gribe hendes arm og at lægge sin arm omkring hendes hals. Det fik Melissa til at reagere hurtigt, og med et fast greb drejede hun sig rundt, og kastede prinsen i dørken. Prinsen var noget overrasket, da han åbenbart ikke kendte til Melissas evner i nærkamp. Uden at hjælpe prinsen op havde hun forladt kontoret.

Melissa vidste, at hendes liv var i fare. Hun havde forsøgt at sende en rapport til sultanatet, men kaptajnen havde fortalt hende, at internettet var nede, og at de ventede på en reservedel. Det troede hun ikke på. Melissa blev igen kaldt ind til prins Falus, men denne gang til repræsentationslokalet hvor prinsen sad i sin officielle lænestol af sandaltræ med udskårne, guldklædte, kongelige regalier. Han trommede på armlænet, da hun kom ind. Der var ingen andre i lokalet, så hun holdt sig lidt tilbage ved døren. Prinsen forklarede, at han havde talt med sultanens sikkerhedschef, og de havde bestemt at hendes tjeneste ikke mere behøvedes. Så fortalte han, at Sultan Abdul al Fahd var død, og at han, Prins Falus al Malal, ville blive udnævnt til Sultan!

Fra et forhæng trådte to af Melissa's piger ud. De greb hendes arme og fjernede hendes våben, en 9mm Colt. En tredje trådte ud med et håndvåben rettet imod hende. Prinsen grinede og sagde: "Jeg er bange for, at du har tabt spillet, Melissa. Alle dine piger har erklæret mig ubetinget loyalitet!"

Melissa fandt det nytteløst at diskutere med prinsen, og hun indså bittert, at hendes piger, i alt fald de tre i repræsentationslokalet, havde bedraget hende. De førte hende ned til bådddækket, og i et hjørne lænkede hendes hænder med håndjern til et rør. De bandt hendes fødder sammen, kastede en presenning over hende, og gik bort.

Melissa kunne høre, champagneselskabet gik igang og genkendte latteren fra hendes piger og kaptajnens dybe stemme. Hun tænkte sin situation igennem, men fandt den håbløs.

Lisa havde styret fiskebåden til omkring 100 meter fra Ibn Battuta. En presenning var spændt ud over bommen for beskytte imod solen. Avo havde spændt en ekstra op, der forlængede presenningen på bagbords side ned til lønningen. Lisa placerede båden, så ankervagten på Ibn Battuta ikke kunne se, hvad der foregik. Munch og Frederiksen gled lydløst over lønningen, dykkede til seks-syv meters dybde, og svømmede imod Ibn Battuta. Det var ikke svært for dem at orientere sig, fordi Ibn Battuta havde stærke blå undervandslys agter, der kunne ses langt fra.

Munch skulle være den første, der forsøgte at komme ind i skibet. Frederiksen skulle dække ham. De fandt hurtigt dykkerslusen, der havde et gråt lys stammende fra lyset på bådddækket. De kunne høre lys-maskinens bankende dlieselyde, der altid spredte sig langt ud igennem vandet. De havde en anden mulighed for at komme ind ved simpelthen at svømme ind igennem indgangen for gummibådene. Problemet var, at den åbning altid er overvåget af CCTV fra broen. Der var flere kameraer under dæk; men under deres besøg ombord havde de begge observeret, at der ikke var noget kamera rettet imod dykkerslusen. De håbede, at den ikke var lukket, ellers var plan B at komme ind under gummibådene i agterslusen.

Efter at de havde svømmet ind i dykkerslusen, stak Munch forsigtigt hovedet op. Han kunne se hele båddækket. Han så efter kameraerne og dæksvagten, men så ingen af delene. Han kunne høre mange stemmer og lidt højrøstet snak. Han besluttede sig for at trække sig ud af slusen. På dækket tog han sine svømmefødder af, og skjulte dem under en af gummibådene på dækket. Frederiksen kikkede op, da Munch forsvandt ud af slusen. Han fulgte efter. Med deres våben klar gik de forsigtigt fremover mod lejderen op til hoveddækket. Døren til kabyssen var åben, sandsynligvis for at slippe af med den varme luft. Munch og Frederiksen genkendte lugten af mad. Der var nogen, som arbejdede i kabyssen. De så en hvidklædt person rengøre stålbænke. De holdt sig langs skibssiden og uden for synsvidde, imens de forsigtigt gik fremad. De stopped og ventede, til personen i kabyssen var gået bort fra døren. De var nødt til at passere døren for at nå lejderen.

Frederiksen, der var bag Munch, følte pludselig et spark over sin ankel, der næsten fik ham til at hoppe af overraskelse. Han så ned og opdagede to fødder stikke frem under en presenning. Fødderne sparkede igen. Frederiksen tog fat i Munchs arm, og pegede. Munch så endnu engang imod døren til kabyssen for at sikre sig, at den hvidklædte person ikke havde set noget. Frederiksen fjernede forsigtigt presenningen, og så til sin overraskelse Melissa. Hun var lænket med håndjern til et rør, og hendes ankler var bundet sammen med et reb. Han knælede og skar rebet over med sin dykkerkniv. Munch havde set, at der var en arbejdsbænk længere fremme langs skibssiden. Hurtigt sneg han sig fremover og greb en boltsaks, der hang på væggen sammen med andet værktøj. Det hele gik lydløst og hurtigt, og lys-maskinens banken overdøvede det meste. Munch klippede håndjernene over, og fjernede kneblen i hendes mund. "Det var på tide", stønnede Melissa. "Jeg har ligget her hele dagen!" Munch lagde hånden på hendes kind.

Melissa så sig omkring, og vinkede dem med sig ned ad gangen imod gummibådene. Hun skubbede dem ind i et lille lokale med let dykkerudstyr. Her var de var uden for synsvidde af CCTV. Frederiksen spurgte hende hurtigt, om prinsens agent havde afleveret noget, efter han kom tilbage. "Ja", svarede hun. "Han havde en lædermappe med sig. Så vidt jeg kunne høre, så var indholdet skuffende for prinsen". Hun holdt en kort pause og fortsatte: "I går bad prinsen mig om at sende halvdelen af nogle dokumenter, der var gamle arkitekttegninger, med brev til The Aphrodite Society of Cyprus % Dr. Dewan Affall".

"Hvad med resten af dokumenterne?", spurgte Frederiksen. "Efter hvad jeg kunne forstå, så var det kun et udkast til den tale, som Schiller havde forberedt til symposiet på mandag". Frederiksen så på Munch, og Munch så tilbage. Begge så på Melissa, "Hvordan havnede du i håndjern?". "Det er en lang historie; men det var efter, at prinsen hørte, at hans far var død. Han ville blive af med mig!"

Melissa så på Munch og stammede: "Jeg tror han ville smide......." Alle så op i loftet, hvor serier af neonlys ét for ét lyste op. Melissa sagde hurtigt: "Duk jer, der er folk på vej ned til underdækket!"

De smed sig alle tre ned på dørken, og forsøgte at kravle uden for synsvidde af dem, der kom ned af lejderen. Hurtigt kravlede de langs dækket, passerede dykkerslusen, og greb deres svømmefødder på vejen. Melissa fulgte med. Hun havde haft tid nok til at gribe et sæt ABC udrustning, før de forlod udrustningskammeret. Munch og Frederiksen gled hurtigt ned i vandet bag den store glasfibergummibåd. Melissa satte sig på kanten for at tage svømmefødderne på. Hun greb masken og snorklen. Masken passede ikke, så hun strammede remmen, samtidig med at hun så uroligt ned langs underdækket. Hun kunne se to personer gå rask imod hende.

Munch og Frederiksen så op på Melissa. Uvidende om hvad der var bag hende, fortsatte hun febrilsk med at stramme remmen til dykkermasken. En vagt dukkede pludseligt op fra et lille sidekontor, hvor han havde sovet. Han havde en pistol i hånden, og rettede den imod Melissa og skreg: "Så du tror, du kan slippe væk uden videre!" Vagten havde endnu ikke opdaget Munch og Fredriksen, og begge rettede deres MP5'ere imod vagten. Til deres overraskelse så de den hvidklædte person fra kabyssen stå bag vagten udstyret med en stor støbejernspande!

Støbejernspanden var hævet over vagtens hoved, og faldt tungt imod ham. Vagten følte, at der var nogen bag ham, og flyttede sig, imens han drejede hovedet. Støbejernspanden ramte hans skulder, og han jamrede sig i smerte og greb ud efter panden. Melissa drejede sig overrasket rundt, og kom op på fødderne. "Fatima!", råbte hun, og greb hendes arm. Vagten var kommet på benene, samtidig med at to personer kom løbende ned ad dækket. De bar automatiske rifler. Vagten forsøgte at gribe Melissa i armen; men hun landede en knytnæve i hans ansigt, så blodet strømmede ud af næsen. Hans pistol fløj hen over dækket og ned mod vandet, men landede på den oppustede gummicylinder og gled videre ned på gummibådens plastikdæk.

I det øjeblik indså Melissa, at der var kun én vej ud. Hun greb Fatima om livet, og begge hoppede ned i vandet ved siden af Munch og Frederiksen, der afgav salver af gummikugler imod de fremstormende vagter. Regnen af kugler stoppede vagterne midt i deres løb, og vagten fra kontoret faldt bagover. Vagterne så overasket ud, da de ikke vidste, hvad der havde ramt dem. Et par af vagterne kom hurtigt op på fødderne; men det eneste de kunne se, var Fatima, som med elegante armbevægelser rullende fra side til side, hurtigt crawlede væk fra båden.

En vagt hævede sin automatiske riffel; men den anden lagde sin hånd på løbet og pressede det ned, imens han pegede på den store glasfibergummibåd, der var ved at synke med en hissende lyd. Vagten kommanderede de to sidsteankomne til at starte kranen og rulle wiren ud. Han sprang ned i den gummibåden, der var halvt fyldt med vand, og satte krogen fast i en stor ringbolt midtskibs. Med et signal af en cirklende bevægelse med pegefingeren startede vagten på dækket kranen, og løftede gummibåden op af vandet, efter at vagten var sprunget af. Vægten af vandet fik båden til at vippe bagover, imens vandet fossede over agterenden og ud over dækket og vagterne.

Vagterne fik hurtigt bragt en mindre gummibåd frem, og satte den i vandet. Fire bevæbnede mænd sprang ned i båden. En af dem greb rattet ved styrekonsollen og startede motoren. For fuld gas fløj de ud igennem agteråbningen af Ibn Battuta og drejede skarpt imod land. På det tidspunkt var Melissa, Munch og Frederiksen op i fiskebåden, som Lisa styrrede imod havnen. Hun drejede nervøst hovedet imod Ibn Battuta, og så en gummibåd komme i stærk fart ud af agterenden. Melissa råbte: "Er der ingen, som har set Fatima?"

Frederiksen råbte: "Duk jer!", og både han og Munch rettede deres maskinpistoler imod gummibåden. De kunne høre projektiler fløjte over deres hoveder. Der lød et hårdt "bump" fra fiskerbådens stævn, som pludselig vippede fra side til side. Alle så på Avo, som stod med en automatisk riffel rettet imod gummibåden. Han havde affyret en plastikgranat fra en GL5340 riffel med en 40 mm granatkaster monteret langs riflens løb. Granaten eksploderede foran gummibåden og sendte en trykbølge og et blændende lys imod de intetanende vagter. Avo stod med fingeren på aftrækkeren, klar til at sende en regn af kugler imod gummibåden.

Det var ikke nødvendigt. Trykbølgen løftede gummibådens stævn op i luften. Vagterne fløj bagover og ud over siderne. Gummibåden roterede, og landede med kølen op. Påhængsmotoren kørte videre nogle sekunder, før propellen stoppede med et suk og lidt røg. "Juhuuu!" råbte både Melissa, Munch og Frederiksen og så med store smil på Avo. Han hængte riflen over sin skulder og gned sine hænder med et tilfreds udtryk. "Impressive work!" lød det fra Melissa.

En projektør på Ibn Battutas bro var blevet tændt og rettet imod de svømmende vagter og den kæntrede gummibåd. På det tidspunkt var fiskebåden på vej ind igennem havneløbet. Melissa forsøgte at overtale Lisa til at søge efter Fatima; men havde samtidig forsikret, at Fatima var en god svømmer. "Jeg tror, hun som ung repræsenterede sultanatet ved olympiaden. Hun fortalte mig, at hun vandt bronze som den første arabiske kvinde!" Lisa besluttede, at det var for farligt at søge, og de fortsatte imod havnen.

18

Fatima, Georg, månen og bølgerne

Oberst Georg Scharck Scharckenlund vandrede op og ned langs stranden, imens han så ud imod Ibn Battuta. Det var langt over midnat, og han vidste ikke, hvad der foregik. Han så skarpe projektørlys fra Ibn Battuta blive rettet mod vandet omkring skibet og ud over havet. Han havde set et skarpt lys og havde hørt korte skudsalver fra automatrifler. Han hørte en granat eksplodere fulgt af råben - og så stilhed. Han hørte en båd sejle sagte imod havnen. Den passerede begge fyr ved indsejlingen. Obersten følte en trang til at løbe imod havnen, men huskede Frederiksens formaning: "Bliv ved bilen og vent, bliv ved bilen og vent!" Han gik op til bilen, men kunne ikke se noget. Han gik igen ned til stranden og så ud mod havet, der var sølvfarvet af månelyset. Der var kun lidt vind, og bølgerne slog blødt imod sandstranden. I månelyset virkede det som flydende sølv.

Obersten åndede dybt, og satte sig til sidst ned i sandet og så på månen og bølgerne. Hans opmærksomhed rettede sig imod noget i vandet. Det var mørkt, og bevægede sig i den bølge, der ramte den yderste sandbanke. Han stirrede længe. Obersten så en arm strakt op i vejret for derefter at forsvinde i bølgerne. Han troede ikke sine egne øjne og stirrede intenst. Armen kom op igen, og nu så han et hoved. Obersten tøvede ikke. Hans militære træning havde lært ham at reagere på fakta og ikke på følelser. Men her vidste han ikke hvad. Han smed skjorten, som Frederiksen havde købt og de sko, han havde købt på depotet. "Hva fanden", tænkte han, "De sko sidder alligevel stramt". Han smed sine sokker og kastede sig ud i bølgerne. Havet ramte obersten, men han følte det ikke.

Hvad han følte, var en varm velkomst, som om han var omgivet af et varmt, blødt uldtæppe. Tanker fra hans barndom fløb som blødt smør igennem hans hjerne. Han faldt næsten i søvn. Han tænkte på sin mor og så hendes milde ansigt smile imod sig. Han følte det bløde tæppe, som hun foldede omkring ham, før hun lagde ham i hans lille seng. Han åbnede sin mund for at modtage sutten, som hun rakte frem.

Obersten slugte vand og vågnede straks op. Han tog faste svømmetag imod den yderste revle. Han havde glemt sin mor, og arbejde metodisk hen imod den sorte klump, der syntes at flyde på vandet derude. Efter en kort anstrengelse så var han der. Han så en arm stikke op, men greb fat i det han kunne se foran sig - det var hår. Han trak håret imod sig og vendte sig om på ryggen for at få sit bryst over vandet. Det var en kvinde i en slags uniform. Hun åndede hurtigt, men syntes beroliget, da obersten holdt sin arm omkring hende og begyndte at rygsvømme imod stranden. Hun greb omkring hans bryst og holdt fast. Obersten stammede imellem sine dybe åndedrag: "Slap af, slap af, bare slap af, ånd ind og fyld dine lunger, vi skal nok klare det. Lig på ryggen og hold din mund over vandet!" Hun adlød. Obersten arbejdede hårdt. Han var i god form og ikke en af dem, der bare sidder bag skrivebordet. Han havde personligt ledet "fut'en" i regimentet hver morgen. Han havde altid troet på, at en leder skulle lede forrest, ikke bagerst. Nu viste han det!

De nåede den inderste revle. Obersten rejste sig op, da vandet blev lavt nok. Vandet nåede ham til livet; men han holdt fast på kvinden. Han holdt sin hånd under hendes hoved, løftede det op, og trak hende i nakken flydende imod stranden. Pludseligt drejede hun rundt og stod oprejst overfor ham. Obersten så foran sig en smuk, moden kvinde med mørkt hår og mørke øjne. Hendes tøj var vådt og sad stramt omkring hendes fyldige bryster. Månelyset skinnede på hendes mørke hår, og han stirrede på de mørke øjne. Vandet fra hendes hår løb ned over hendes hage og dryppede ned på hendes bryster. Han så hendes stive brystvorter gennem hendes tøj. Det forvirrede og lamslog obersten. Han følte, at tiden stod stille, og alt foran var i en blå tåge. Lyden af bølgernes brus forsvandt, som om han drømte. Han blev brat vækket af en knytnæve, der landede hårdt i hans bryst. Han følte et chok og faldt bagover, tilbage i bølgerne. En stærk hånd holdt fast i hans skjorte og trak ham ind mod stranden. Obersten kæmpede imod; men intet hjalp. Den mørke kvinde var stærk, og hun trak ham over revlen og ind på det lave vand. Hun smed sig i vandet ved siden af ham og lå bare stille. De lå begge stille!

Obersten prøvede omtåget: "How are you?". Hun svarede: "I am fine!" Pludselig drejede hun rundt, greb oberstens fast, og kyssede ham varmt, dybt og længe. Obersten vidste ikke, hvad der havde ramt ham. Han blev grebet af en dyb kærlighed, som om hans mor igen havde ham i sit varme tæppe. Han viste al den kærlighed og varme, han havde i sit magre liv. Han kunne føle hendes våde, hårde brystvorter imod sit bryst, og det gav ham følelser, han ikke havde kendt i årevis.

Efter en kort stund, så rejste de sig begge op af vandet, og gik imod den tørre strand, hånd i hånd, dér faldt de om. Obersten og kvinden lå på ryggen og så på månen. "What's your name?", spurgte han forsigtigt. "Fatima", svarede hun. "Jeg er, eller rettere sagt var, køkkenchef på prins Falus's yacht Ibn Battuta derude. "Hvorfor endte du i vandet?", spurgte han. "Der var en kamp mellem besætningen og et par dykkere. Jeg forsøgte at stoppe en fra besætningen, der truede min veninde Melissa. Jeg blev skubbet i vandet. Der var meget skyderi omkring bådene, så jeg besluttede at svømme imod stranden". Obersten lå stille, og forsøgte at forstå, hvad der var sket. Han følte en stærk trang til at beskytte kokken ved siden af sig, noget han ikke havde følt tidligere i sit liv. Hun så ham dybt i øjnene. Obersten følte, som om han så mod noget uendeligt og befriende. Hendes brune øjne ligesom brændte i hans hjerte. De kyssede hinanden varmt. Obersten rejste sig på vaklende ben. Jeg tror, vi må gemme os. Der er folk, som kommer imod os fra havnen. De rejste sig begge, og hurtigt gemte de sig bag en gammel jolle.

Lyset fra lamperne på udsigtsplatformen skinnede svagt over stranden; men hjulpet af månelyset virkede det ganske klart. En af personerne, der kom løbende, tilsyneladende en ung kvinde, løb imod jollen med udstrakte arme og råbte: "Fatima, Fatima!". Fatima rejste sig op, åbnede sine arme imod Melissa, og de omfavnede hinanden. "Jeg er så glad for at se dig igen", nœsten råbte Melissa. "Jeg var så bange for, at du var druknet!" Melissa og Fatima omfavnede hinanden kort; men Fatima så på obersten, der var kravlet frem fra jollen. "Den stærke mand dér reddede mig", svarede hun med et lille grin, og igen følte hun varme i sin krop og usikkerhed i sine knæ. Obersten rejste sig, da han genkendte Frederiksen, Lisa og Avo. Fatima og Obersten stod tæt ved hinanden, som om de var limet sammen. Fatima gav obersten et varmt kys på kinden, og han lagde en hånd på hendes skulder. Det var ikke spontant, eller noget som var taget ud af nuet; men noget dybt som var svært at forklare. Obersten og Fatima havde på en eller anden måde fundet hinanden, og alle vidste det. Lisa kom ud af mørket, så på dem begge og sagde stille: "Jeg tror, I er blevet velsignet af Afrodite. Hun kyssede jer begge, da I svømmende igennem de yderste bølger på revlen!"

19

Hotel Limassol Plaza

Den sidste flok af bissende delegater ankom søndag
aften med busser fra Larnaka International Airport, og
strømmede ind igennem hotelfoyeren for at fylde baren,
restauranten og swimmingpoolen. Delegaterne
assimilerede sig hurtigt i Limassols gader og stræder,
hvor de hang ud i cafeer og spisesteder til glæde for de
lokale, der havde sikret forsyninger i overflod. Det er ikke
for ingenting, at Limassol kaldes "Petit Paris of Cyprus".
Når ædegildet i byens stræder mistede sin attraktion
blandt delegaterne, flød de i grupper ned til stranden
som ølflasker i et hastigt bevægende tidevand.

Dewan var ankommet sammen med Lisa, og flyttede
ind i en dobbelt suite på øverste etage. Lisa ønskede ikke
at bo på hotellet, men fortrak sin og Avos lejlighed et
stykke fra havnen. Hun kunne mærke lidt jalousi og
skuffelse i Dewans ord, da hun i Nicosia besluttede at
afvise hans tilbud om et værelse på Limassol Plaza. "Bare
ring hvis du behøver mig", havde hun sagt, da hun sagde
farvel. I samme sekund fortrød hun, at hun ikke havde
tilføjet: "i professionel kapacitet". Men det var for sent;
hun var dog sikker på, at Dewan forstod hende. Lisa
vidste, at Dewan altid havde haft et godt øje til hende.
Hans professionelle fremtoning, veludviklede integritet og
et imponerende intellekt forklarede nemt, hvorfor han
var FN's højeste repræsentant på Cypern. Han var den
perfekte diplomat. Men Lisa læste en vis sorg i hans
fremtoning. Han havde ofret det meste af sin ungdom i

diplomatiets tjeneste. Og det havde haft konsekvenser for hans privatliv, som var blevet begrænset.

Dewan satte sig ned, og læste en frisk "Cyprus Mail", der var leveret under døren. Han læste, at Sultan Abdul al Fahd var død, og at det forventedes, at hans søn Prins Falus al Malal ville blive udnævnt til sultan. Dewan rystede let på hovedet.

Det bankede på døren, og et ungt hoved kikkede ind. Det var en nyansat fra hans stab. "Dr. Affall, der lå et par breve i receptionen; de er måske vigtige!". Hun lagde brevene på bordet foran Dewan, som nikkede med et smil. Hun forsvandt ud af døren.

Han så på den store kuvert. Den var addresseret til "The Aphrodite Society of Cyprus"; men der var ingen afsender. Det var en stor kuvert, formentlig leveret med kurér, da der ikke var nogen stempler eller frimærker. Han åbnede brevet og fandt en stak gamle arkitekt-tegninger. Han så tegningerne igennem med interesse; det lignede et græsk tempel. Han læst i hjørnet på tysk: "Der Rekonstruktion der himmlischen Göttin zu Paphos". "Ups!", udbrød han, "Jeg må hellere tale med Karl Bumburn og Avo Lefkarides. Vi skal alligevel planlœgge lidt til Afrodites festival".

Dewan lagde brevet til side, og så på en hvid A5 kuvert. Den bar det sunniarabiske sultanat regalier i guldtryk og en engelsk tekst nedenunder: "His Highness Prins Falus al Malal, The Royal Yacht, Ibn Battuta". Inde i kuverten var et brev fra prins Falus, der lignede en slags ansøgning om medlemskab af The Aphrodite Society. Det var velskrevet, og i diplomatiske vendinger beskrev Prins Falus sit ønske om medlemskab. Han motiverede sin ansøgning med sin interesse for Cyperns antikke historie og specielt Afrodites kult. Han angav flere arkæologiske udgravninger, som han havde støttet, og lovede yderligere finansiel hjælp. Dewan undrede sig over ansøgningen; men han havde en mistanke om, hvad der lå bag. Det ville dog ikke være muligt for ham at afvise prinsen. "Jeg må hellere få fat i Karl og Avo, og også Lisa!", tænkte han højt.

Igennem mange år havde Dewan været en af Afrodites beskyttere. Han havde arvet stillingen efter sin far. Blandt medlemmerne af societetet var han højt anset, og han var som en konsekvens blevet valgt til deres leder med titlen "Ypperstepræst". Societetet havde en vigtig stilling i det cypriotiske samfund og dets sociale liv. Øen var trods alt Afrodites ø!

Der var yderligere fire beskyttere. Det var Avo Lefkarides og Lisa Lefkarides, der repræsenterede Cypern, og Dr. Karl von Bumburn og Dr. Gustav Frederich von Schiller der var repræsentanter for den øvrige verden. Det var ikke uden grund, fordi begge kom fra Universitetet i Tübingen, der igennem flere generationer, og helt tilbage til den romantiske periode i begyndelsen af det nittende århundrede, med energi havde udført arkæologiske udgravninger ved alle ruiner, der var associeret med Afrodites kult.

Dewan var blevet informeret af Schiller, at han havde genopdaget de tegninger, som en af hans og Bumburns forfædre, den kendte arkitekt fra Universitetet i Tübingen, Gustav Frederich Hetsch, havde udarbejdet baseret på billeder på mønter og andre arkæologiske fund. For mange år siden havde Hetsch ønsket, at societetet skulle genopbygge Afrodites tempel i gamle

Paphos. Templet var blevet ødelagt af et jordskælv ca. 350 e. kr.

Da Dewan så tegningerne, vidste han, at det var dem, som Schiller havde fundet i arkiverne på universitetet i Tübingen. Det var dem, han havde haft med sig, da han blev myrdet i København!

Dewan ringede til værelset, hvor hans stabsfolk var, og bad dem om at hente Lisa og Avo i deres lejlighed. Han fik Bumburns værelsesnummer i receptionen, og ringede til ham. Han var der heldigvis. "Karl, undskyld forstyrrelsen; men der er noget vigtigt, vi må diskutere. Der vedrører Societetet. Jeg forventer, at Lisa og Avo vil være her om en halv times tid!" Bumburn havde ligget på sengen og læst sit manuskript til symposiet, så han så frem til en drink blandt venner.

Et stykke tid efter kom Bumburn ind i den dobbelte suite, og hilste på Dewan. Bumburn brændte efter at høre, hvad Dewan havde, der var "vigtigt". Dewan tilbød ham en drink - Keo pilsner eller brandy. Bumburn tog imod den syvstjernede Metaxa brandy og tænkte, at han altid kunne altid få pilsneren senere. Dewan forhørte sig om, hvordan Bumburn havde det, og hvordan han trivedes på COVO i stedet for universitetetslivet i Tübingen. Bumburn vidste, at han ikke fik noget ud af Dewan, før han var klar. Det irriterede ham. Han havde en indædt trang til at ville vide alting før andre, så han kunne fremstå som mere velinformeret og lærd. Men det virkede sjældent, specielt ikke hos Dewan!

Lidt efter bankede det på døren, og hovedet af den yngre stabsansatte kikkede ind: "Jeg har hentet Lisa og Hr. Lefkarides; men der er to personer mere. Lisa ønskede at de skulle deltage. Er De interesseret i at se alle?" Dewan svarede: "Kender du deres navne?". "Ja, Lisa sagde, at det er kriminalkommisær Munch fra Interpol og Kaptajn Melissa Yildiz fra Det Sunniarabiske Sultanat". Der var en pause. Efter at have tænkt sig om rejste Dewan sig op af lænestolen og gik halvvejs imod døren. "Tak, vis dem ind!".

Efter at alle var kommet ind, havde introduceret sig og sat sig ned i de spredte lænestole, fik de tilbudt en drink. Der var en pause, hvor ingen sagde noget. Bumburn havde svært ved at klare det. Han løb fingrene gennem sit hår flere gange, og tømte sit glas. Dewan ignorerede ham.

"I må undskylde, at vi sådan maser os på", indledte Munch. "Jeg og en kollega er sendt herned for at forsøge at opklare et mord på en Doktor Gustav Frederich von Schiller, der blev fundet død i København. Vi er af den opfattelse, at morderen er her på øen og ligeledes de dokumenter, som morderen tog fra Dr. Schiller. Vi ved, at nogle af dokumenterne er af interesse for Afrodite Societetet. Så vi håber, at De kan hjælpe os".

Dewan lyttede til Munch med fingerspidserne over munden. Han tog hånden ned og vendte sig imod Lisa: "Lisa, jeg håber ikke, du har noget imod at tage notater fra vores samtale her?". Lisa nikkede; hun havde allerede en stenografblok og pen foran sig.

"Formålet med dette møde er at diskutere sager, der er af vigtighed for The Aphrodite Society of Cyprus. De er velkommen til at deltage som observatører men uden ret til at deltage i diskussionerne eller stille spørgsmål. Accepterer De dette?", spurgte Dewan med mådeholden og kontrolleret stemme. Munch nikkede og sagde: "Ja, og jeg sætter pris på Deres åbenhed", og vendte sig imod

Melissa, som sagde: "Ja, jeg accepterer dette. Tak for Deres venlighed!"

"Godt, så kan vi begynde!"

"Der er to sager". Bumburn strakte sig i lænestolen. "Jeg har modtaget et brev med et arkitektforslag til et nyt tempel i gamle Paphos. Der er ingen afsender og andre mærker på kuverten, som kan afsløre afsenderens identitet. Tegningerne er på ingen måde nye. De er fra omkring 1840 og udført af Gustav Frederich Hetsch fra København. Som I sikkert ved, så blev Afrodites Tempel ødelagt af et jordskælv omkring 350 e. Kr., og siden det nittende århundrede har der været interesse i at genopbygge templet. Societetet har igennem lang tid været bekendt med eksistensen af disse tegninger; men vi vidste ikke, hvor de var, eller om de stadigvæk eksisterede". Dewan holdt en pause, og så på deltagerne.

"Lykkeligvis så har vi to medlemmer, der nedstammer direkte fra Hetsch, nemlig Dr. Bumburn og Dr. Schiller. Dr. Schiller, som bor i Tübingen, har gennemgået familiens arkiver og offentlige kilder i et forsøg på at spore tegningerne. For et stykke tid siden fandt han tegningerne i universitetets arkiv. Vi var meget taknemmelige for det", sagde Dewan og holdt en pause. Bumburn hævede hånden: "Kan jeg sige noget?" og brød ind uden at vente på et svar. "Gustav var på vej til København med tegningerne, så vi kunne studere dem i detaljer. Det var hensigten at vise og diskutere dem på vores generelle sammenkomst under festivalen; men ulykkeligvis blev de stjålet, og Gustav mistede livet. Må han hvile i fred!".

Bumburn var tydeligt påvirket af situationen. Han bøjede hovedet i sine hænder. Avo lagde sin arm omkring hans skulder. "Vi forstår; husk vi sørger med dig; vi har planlagt en lille ceremoni under festivalen, så vi kan mindes ham sammen". Alle nikkede i stilhed.

Dewan så på deltagerne: "Jeg vil foreslå, at du, Karl, studerer tegningerne, og forbereder en uformel præsentation af projektet, når pilgrimmene er samlet i templet i det gamle Paphos". Deltagerne nikkede samtykkende.

Alle tog en slurk af deres drink. Bumburn havde allerede slugt sin Metaxa og havde netop igen hjulpet sig selv til en dobbelt.

"Jeg har modtaget en ansøgning om medlemskab fra en prominent person", fortsatte Dewan og holdt en pause. Bumburn fandt det ulideligt at høre på, og han så opgivende op i loftet.

"Ansøgningen er fra prins Falus al Malal fra det Sunniarabiske Sultanat. Det er sandsynligt, at han indenfor kort tid vil blive valgt til at efterfølge sin far, Sultan Abdul al Fahd, som er afgået ved døden. Normalt vil en ansøgning blive behandlet ifølge vores konstitution; men den kan behandles hurtigt, hvis præsidiet accepterer, og vi er alle her idag. Årsagen til vores hastværk er, at prinsen er her og ønsker at deltage i festivalen. Han kan naturligvis gøre dette uden medlemskab; men han kan ikke deltage i vores møder. Så først vil jeg spørge, om der er nogen, der har indsigelser?"

En længere pause fulgte. Bumburn så igen op i loftet, og rullede lidt med øjnene. Avo så på Lisa og så på Dewan.

Dewan så på deltagerne: "Det er nødvendigt, at hele præsidiet accepterer. Det kan ikke afgøres ved en flertalsbeslutning. Hvad er din mening, Avo?".

Avo åndede let ud og sagde: "På nuværende tidspunkt kan jeg ikke finde argumenter imod. Vi ved jo, at han tidligere har bidraget med store beløb til udgravninger, og der er intet, som siger, at han ikke vil støtte Societetet". Avo tænkte lidt og sagde så: "Jeg vil acceptere hans ansøgning!".

"Det samme her", sagde Bumburn og tænkte, at han nu havde en chance for at få en konkurrent i medicinalindustrien ind i sin fold!

Alle så på Lisa.

"Se ikke på mig", sagde hun. "Jeg vil følge trop". Hun så ned, og skriblede noget på sin stenografiblok.

"Godt, vi er enige sagde Dewan; men før vi kan afslutte, så kræver vores konstitution, at en af præsidiets medlemmer anbefaler ansøgeren". Han holdt en pause, men så straks på deltagerne, og fortsatte: "Jeg føler, det er mit ansvar at anbefale Prins Falus. Er der nogen, der imod dette?". En pause fulgte. "Godt, mødet er derfor afsluttet. Tak for jeres deltagelse".

Dewan lænede sig tilbage med et tilfreds smil, og holdt sit glas op: "Skål", erklærede han, "det er ikke for at være ugæstfri; men jeg har ting at forberede med min samarbejdspartner til symposiet i morgen, så jeg vil bede jer om at forlade mig. Igen, hjertelig tak for jeres deltagelse!"

Inde i ventilationssystemet lå Mustapha og lyttede. Han kunne kun se hovederne af et par af personerne i suiten; men han kunne tydeligt høre deres stemmer. I ly af mørket var han kravlet op ad brandstigen og var uhindret kommet op på taget. Det var let for ham at fjerne et par bolte fra en luftkonditioneringsenhed og at krybe ind. Han var krøbet langsomt og forsigtigt hen

129

mod suiten, hvor han havde set Dewan og Lisa, da de ankom. Bilen med FN-standarden afslørede Dewan. Han havde set ham i et vindue oppe på fjerde etage.

Mustapha havde holdt sig inde i sit værelse i Marias B&B, og hun havde serveret de måltider, han bestilte. Hans ben helede langsomt, og han skiftede forbindingen dagligt. De sidste par dage havde han følt sig bedre tilpas. Han var vred over, at prinsen havde smidt ham af skibet. Han havde læst i Cyprus Mail, at tronfølgen i sultanatet var nært forestående, og han vidste, at nu havde han sit livs chance. Prinsen ville skaffe sig af med sultanens sikkerhedschef og brænde arkiverne. Da han så og hørte Melissa hilse på Dewan, blev han grebet af vrede. "Forræder!", tænkte han, "Jeg vil få fat i den tæve!" Han kontrollerede sig selv og lyttede videre.

Mustapha så Söderström ankomme, efter at de andre havde forladt suiten. Han spekulerede på, om han lydløst kunne krybe tilbage til dér, hvor han kom ind, men bestemte sig for at blive lidt, selvom hans ben gjorde ondt. Han tænkte på, hvad han kunne gøre. "Jeg ved det nu", tænkte han; "jeg vil søge kontakt med Prins Falus, når jeg har resultater", og han krøb langsomt tilbage til luftkonditioneringsenheden, der var drejet noget bort fra ventilationssystemets kanal ude på taget. Han var der næsten, da han hørte stemmer. De talte græsk; men han hørte ordet "air condition". Han så op af kanalen, og opdagede en mekaniker ved brandstigen og en anden, der var ved at kravle op og læsse værktøj op på taget.

Mustapha pressede sin krop op gennem luftkanalen, men skubbede lidt til ventilationsenheden, som gav en rusten, skrabende lyd. De to mænd så på enheden og på Mustapha: "Hvad i helvede gør du dér?", råbte en af dem og sprang frem imod ham! Mustapha kom hurtig op og holdt sig på den modsatte side af ventilationsenheden. Mekanikeren prøvede at få fat i ham; men Mustapha var for hurtig. Mustapha var trænet i nærkamp, og det var mekanikerne ikke. Mekanikeren ved brandstigen greb en radio og kaldte nogen på græsk. Mustapha vidste nu, at han hurtigt måtte komme ned ad brandstigen; men der var to mænd imellem ham og friheden.

Heldigvis for Mustapha, så var der ingen som svarede på radio-opkaldet. Mustapha fik hurtigt manøvreret sin modstander på den anden side af ventilationsenheden, så han havde ryggen mod mekanikeren med radioen. Den fristelse var for stor for mekanikeren, og han slog hurtigt ud efter Mustapha med radioen. Smidigt drejede Mustapha sin overkrop og greb mekanikerens arm. Med næsten hele vægten af sin krop trak han mekanikerens arm over sin skulder. Mustapha bøjede sig forover, og med mekanikeren på sin ryg kastede han ham fremover. Mekanikeren landede med et brag imod luftkonditioneringsenheden og gled over på den anden side, mens han skreg af smerte. Radioen blev sendt flyvende langs det flade tag, samtidigt med at en græsk stemme svarede på det tidligere opkald. Mustapha kastede sig over kanten, greb fat i brandstigens sikkerheds-ræling og kurede hurtigt ned mod jorden. Det gjorde ikke hans ben godt; men han forsvandt ud i mørket og væk fra sine forfølgere, der, bedømt ud fra råbene, nu var mange.

20

Symposium og Simposiarca

Delegaterne havde samlet sig i Hotel Limassol Plazas store sal for at indlede symposiet Copulation Chemistry in Animals and Man. På et stort podium var en talerstol og et bord med en stol til den person, som ledede diskussionerne. Der var overalt snakken og skramlen med stole. Salen var pakket, og mange måtte stå op bagerst. Bumburn, som sad yderst på første række, lyttede til en kollega ved siden af: "En moderne konference, eller symposium har en vis lighed med en middelalderlig pilgrimsfœrd, fordi det tillader deltagerne at hengive sig til alle de glœder og adspredelser, som en udenlandsrejse kan bringe. Samtidigt ser det ud, som om de søger kundskaber!". Bumburn sukkede: "Ja, der er dog én ting der adskiller en middelalderlig pilgrimsfœrd fra den moderne konference - den sidste er almindeligvis betalt af en institution, et privat firma eller måske mere almindeligt af et universitet!" Kollegaen grinede højlydt.

Bumburn så på sit ur, rejste sig op og gik op til talerstolen. Tavsheden spredte sig langsomt. Bumburn tappede nytteløst sin kuglepen på et glas med vand. Han så op og sagde højt:

"Mine damer, herrer og lœrde kolleger!

Fra dette betydningsfulde rostrum, vil jeg byde jer alle velkommen til Afrodites smukke ø, Cypern, der igennem tusindvis af år har spillet en signifikant rolle i grœsk historie og mytologi.

Vi er her for at deltage i et symposium. I antikkens Grœkenland - og delvis også nu - var et symposium et selskab for mœnd. Aktiviteterne inkluderede vindrikning og samtaler imellem uddannede deltagere om politik, filosofi, kunst og ikke mindst kœrlighed. Et symposium kunne også indeholde underholdning af betalte kvinder; en hetaera til personlig underholdning og stimulering, eller en mousourgol, musernes tjenere, til dans, musik og sang."

Delegaterne klappede og fløjtede, specielt dem i baggrunden.

Bumburn fortsatte:

"Initiativtagerne til dette symposium har traditionen tro valgt mig til deres Symposiarca, som de gamle grœkere kaldte lederen, ikke mindst for at jeg skal opretholde ordenen, men også for at respektere vores sponsor Medicinalfirmaet COVO International. Jeg vil hermed takke dem varmt for deres generøse bidrag".

Delegaterne klappede i lang tid!

"Det er min pligt at informere delegaterne om, at vores symposium er lidt forskelligt fra det traditionelle grœske. For det første; vi accepterer delegater af begge køn. For det næste; vi accepterer ikke mousourgol eller hetaera, det vil sige betalte kvinder, der er her udelukkende for personlig underholdning og stimulering.

Delegaterne i baggrunden buede, grinede og klappede.

"Jeg kan høre larmen fra barbarernes lejr!", truede Bumburn.

Delegaterne klappede og stampede i gulvet.

Bumburn fortrak ikke en mine, holdt en pause, så ud i lokalet og fortsatte:

133

"Tillad mig nœvne, at Athenaeus af Naucratis engang beskrev to unge mœnd, der sloges om en hetaera, som hed Gnatena. Han trøstede taberen med ordene: Vœr glad min ven; I har ikke kœmpet om en guld krone, bare om retten til at betale!"

Mere stampen, grin og klapning.

"Til sidst vil jeg gøre mine lœrde kolleger opmœrksomme på, at Plato i sit velkendte vœrk "Symposium" fra omkring 375 f. Kr. skriver: "Når mœnd af uddannelse samles for at drikke, vil du ikke se fløjtespillere eller dansepiger. Selv om de drikker meget, vil de tale og lytte i respekt og orden!"

Bumburn så stramt ud i lokalet, hen over delegaternes hoveder.

Mere grin og klappen.

"Lad mig forkynde Eubulus's ord: "For intelligente mœnd forbereder jeg kun tre krukker med vin: En for sundhed, en for kœrlighed og velbehag - den tredie er for søvn!"

Bumburn holdt en lille pause, og så med et fast blik ud i salen, selvom han grinede indvendigt. Så fortsatte han:

"Efter at den tredie krukke er drukket, går kloge mœnd hjem!"

Bumburn hœvede sin stemme tilsidst for at understrege alvoren. Delegaterne klappede, og snakken bredte sig.

Bumburn hœvede hånden med håndfladen imod salen, og tavsheden bredte sig. Bumburn fortsatte:

"Den fjerde krukke er ikke min! Den tilhører dårlig opførsel; den femte højrøstet tale; den sjette uforskammethed og fornœrmelser. Den syvende er for slagsmål!"

Latteren rungede ud i lokalet, og delegaterne klappede.

Bumburn fortsatte: "Som den græske tradition bestemmer, vil jeg med disse ord udfordre delegaterne til at præsentere deres encomium - eller intellektuelle bidrag - om "Copulation Chemistry in Animals and Man".

Delegaterne gav et langt bifald, og Bumburn smilede tilfreds. Han så ned i sine noter, men rakte hurtigt en finger op i luften:

"Mine damer og herrer!

Før I søger ud i de faglige grupper, vil jeg give en praktisk meddelelse fra Turistrådet i Limassol. Vi har en enestående mulighed for at kombinere vores symposium med en pilgrimsfærd. Som I sikkert ved, så starter den årlige Afrodite Festival dagen efter, at vi slutter her. Deltagere fra alle verdenshjørner vil komme til Limassol og Paphos for at tilbede kærlighedens gud, Afrodite. Denne festival er mere end to tusind år gammel. Pilgrimmene vil samles tidligt om morgenen på stranden ved Afrodites fødested - en klippe imellem Limassol og gamle Paphos. Her vil de beundre det havskum, hvori Afrodite blev født. Derefter vil de vandre til det gamle Paphos og Afrodites tempel til ofringer og bønner. Der vil være forfriskninger, før busser vil transportere pilgrimmenes trætte ben til Polis på nordkysten, hvorfra de så vil vandre til Afrodites Bad. Det er en kilde, hvor Afrodite og Adonis forelskede sig. Et besøg ved kilden vil være et stort højdepunkt for pilgrimmene, og jeg kan forsikre jer, at I ikke vil blive skuffet. Busserne vil senere køre alle pilgrimmene tilbage til enten Paphos eller Limassol. Billetter kan købes her i receptionen og på Turistrådets kontor."

135

Bumburn så op på uret på bagvæggen og nikkede med et lille smil. Han var glad for at have holdt sig inden for tidsrammen. Delegaterne var allerede bevæbnet med papir og kaffekopper og gik snakkende på vej ud til deres respektive faggrupper. Bumburn gik ned i stueetagen, greb en kop kaffe og forsatte ind til sin faggruppe: "Pheromones in Animals and Man".

I denne arbejdsgruppe var der kommet omkring et hundrede personer. Bumburn var overrasket over den store deltagelse, men konkluderede at det nok skyldtes medicinalindustriens interesse.

Bumburn hilste på Söderström og Dewan Affall, der sad yderst på første række. Dewan hviskede hurtigt til Bumburn: "Der har været indsigelser fra Ministry of Agriculture and Natural Resources, der frygter en overdreven interesse for de sjældne planter, specielt orkideer, som nu er midt i deres korte blomstringstid. Vi har derfor besluttet at vente med vores præsentation til den sidste dag".

Söderström var arbejdsgruppens ordstyrer for dagen. Han gik op på podiet, satte sig ved bordet og famlede med sine papirer. Han rømmede sig lidt: "Den første taler idag er Dr. Olson fra UCLA. Hans bidrag, eller encomium som Dr. Bumburn så historisk kalder det, har titlen: "Lugten af andre folks sved og den pheromonale reaktion: Et eksperimentelt studie".

Dr. Olson rejste sig og gik op til podiet, lagde sine noter foran sig, og drejede omkring for at se, om hans foredragstitel og navn var blevet projiceret op på den store skærm. Han så med tilfredshed ud i lokalet: "Well, good the gadgets work!", udbrød han med en stærk amerikansk accent og fortsatte: "Det er meget

136

sandsynligt, at mennesker, ligesom andre pattedyr, udskiller pheromoner. Der er mange, der sælger pheromoner på internettet og reklamerer med, at deres produkt vil gøre os seksuelt uimodståelige. Det er ikke, fordi jeg vil ødelægge jeres forhåbninger; men der er endnu ingen humane pheromoner, som er blevet kemisk identificeret. Det er skuffende, og der er intet bevis for, at molekylerne androstadienon og estratetraenol er humane pheromoner, som påstået i den videnskabelige litteratur. Ligeledes er det klart, at mennesker kun har et sekundært lugtecenter, eller vomeronasalt organ, i fosterstadiet. Dette organ har ingen nerver, og degenererer før fødslen. Vi har ikke et sådant kemo-receptorisk organ og må nøjes med at bruge vores lugtesans." Dr. Olson holdt en pause, så ud over lokalet, og lænede sig over pegepinden.

Pausen var lidt lang, som om at Dr. Olson var gledet bort i sine tanker. Lidt snakken bredte sig blandt delegaterne, og Dr. Olson løftede brat hovedet og fortsatte: "De fleste pheromoner er detekteret som lugt, men ikke alle. Pattedyr, også mennesker, kan afgive en sky af molekyler, almindeligvis metastabile aminer, der repræsentere vores unikke lugt eller kemiske profil. For at demonstrere at et pheromon eksistere, er det nødvendigt at udføre et eksperiment der kan gentages - et "bioassay", der viser, at et molekyle har en bestemt effekt på modtageren som for eksempel en ændret adfærd. I dette eksperiment brugte jeg tredive studenter, femten mandlige og femten kvindelige. Ingen af dem var i parforhold. De fik hver en gul t-shirt og blev samlet en aften til et party".

Dr. Olson bankede pegepinden i gulvet, og det næste billede kom op på skærmen. Den viste et studenterparty

137

med et overfyldt dansegulv, folk med flasker i hånden og papirshatte på hovedet. Alle bar en gul T-shirt.

Dr. Olson fortsatte: "Ja, det var et godt party! Før alle gik hjem, indsamlede jeg t-shirterne, gav dem et nummer til identifikation, tog en blodprøve, og fotograferede ejeren. Den følgende eftermiddag samlede jeg alle studenterne. En for en lugtede de til t-shirterne for at identificere, hvilken lugt de syntes bedst om.

Dr. Olson bankede igen pegepinden i gulvet, og et billede af snusende studenter kom op på skærmen.

Dr. Olson fortsatte: "Mine resultater blev testet med en student's t-test, som viste, at de kvindelige studenter var signifikant tiltrukket til mandlige studenter, der var immunologisk forskellige fra dem selv. Jeg kan derfor bekræfte, at de eksperimenter, der er udført med mus, også gælder for mennesker, og at pheromonet er overført via lugtesansen!".

Konklusionen kom op på skærmen sammen med et billede, der viste to studenter, som lugtede intenst til hinanden. Delegaterne klappede, og Söderström spurgte ud i lokalet: "Er der nogen spørgsmål?".

Der var en lang tavshed; men der var ingen, der sagde noget. Söderström kikkede omkring og fortsatte: "Når der ikke er nogen, som har spørgsmål, så vil jeg selv stille et: Jeg tror ikke, at de lugte, som du har observeret, kan defineres som pheromoner, fordi odeuren på t-shirterne er unikke for det enkelte individ og ikke fælles for alle. Dine lugte vil ikke udløse det samme respons hos alle individer!"

Dr. Olson var ved at tage en slurk af et glas med vand, der straks gik i den gale hals. Han spyttede og hostede:

"Hvad fanden!", råbte han. "Vil du påstå, at mine eksperimenter intet har med pheromoner at gøre?!"

Söderström sad mageligt tilbagelænet i sin stol. "Ja, det vil jeg!", sagde han roligt og foldede sine hænder bag nakken. Dr. Olson var på det tidspunkt kogende rød i hovedet. Han sprang over imod Söderström og skubbede ham bagover for straks efter at kaste sig oven på ham med knyttede næver. Der var knytnæveslag, en baksen og rullen henover gulvet, da de to distingverede kollegaer sloges. Flere delegater kom op på podiet og deltog i slagsmålet med brask og bram.

Tilsidst blev det for meget for Bumburn. Han forsøgte at skille kamphanerne ad, men uden held. Han erklærede derfor med høj røst: "Mine damer og herrer, ærede kolleger! Jeg vil hermed hæve mødet - vi skal have en kaffepause". Kamphanerne på gulvet blev pludselig stille. Alle rejste sig og strømmede imod udgangen, der hurtigt blev propfyldt.

Söderström frigjorde sig fra Dr. Olsons korpus og rejste sig op. Dr. Olson fulgte efter og snerrede: "Din idiot!" Dr. Olson bevægede sig hurtigt imod den overfyldte udgang, imens han råbte: "I will sue you - see you in court!" Bumburn lagde sin arm omkring Söderströms skulder og sagde stille: "Videnskab er en utaknemmelig metier!"

Bumburn og Söderström kom som de sidste ind i symposiets kaffesal. Den var pakket med delegater, og snakken gik. Söderström kunne høre af samtalerne, at Dr. Olson's foredrag havde haft en stor underholdningsværdi, og flere delegerede pralede med deres indsats og demonstrerede deres bokseteknik.

De fandt begge en kop kaffe og en småkage, og skubbede sig fremad til det bagerste af lokalet, hvor de bløde stole var. Bumburn så til sin overraskelse, at Prins Falus sad i en sofa omgivet af to veltrænede, let påklædte unge piger. Prinsen var klædt i en elegant, nålestribet habit uden nogen arabiske detaljer. Han smilede, da han så Bumburn.

Bumburns diplomatiske forretningssans tog kontrol, og han gik straks imod Prins Falus med fremstrakt hånd. De to mænd hilste varmt på hinanden. "Det glæder mig at se Dem!", udbrød Bumburn, "Hvad skyldes æren?"

"Jeg er interesseret i emnet for symposiet", forklarede prinsen, "Og det giver mig mulighed for at opfriske mine forretningsforbindelser".

Bumburn nikkede samtykkende. "Vi burde tale sammen om pheromoner", fortsatte prinsen, "ikke nødvendigvis den videnskabelige side, men mere den finansielle. Jeg har hørt, at den videnskabelige side for tiden er lidt omtumlet, så at sige!" Bumburn nikkede igen. "Åh, jeg glemte at introducere en ven af mig. Det er professor Lars Söderström fra Københavns Universitet". Prinsen rakte sin hånd frem uden at rejse sig. Söderström tog hans hånd og så undersøgende på de to piger uden at afsløre sine tanker. "Livvagter", sagde prinsen, "I min verden kan man ikke klare sig uden!" Söderström smilede: "Jeg tror, at jeg også behøver livvagter!". Prinsen og Bumburn smilede. Söderström gned sin kæbe.

Prinsen sagde et par ord på arabisk til den ene livvagt. Hun rakte ham en lædermappe med de sunniarabiske regalier trykt i guld. Han åbnede mappen, og tog to invitationer ud, også med de sunniarabiske regalier i guldtryk. Prinsen rakte en til hver af dem. "Jeg vil holde et cocktailparty ombord på min yacht Ibn Battuta. Vi ligger for anker lige uden for havnen. Kom til havnen lidt før klokken fem, og en af mine gummibåde vil samle jer op."

21

Cocktailparty på Ibn Battuta

Siden deres romantiske møde på stranden var der ingen, der havde set Fatima og oberst Scharck Scharckenlund. Der var dog rapporter fra Avos agenter. De havde set dem sammen med turister ved ruinerne i Salamis, set dem spise frokost i Troodos, danse i en natklub i Larnaka og ligge på stranden i Ayia Napa. De var også set i den tyrkiske sektor i en turistbus på vej til Hilarion Castle, og senere sidde kyssende under dovenskabens træ i Bellapais. De var endog set blandt bjergvandrere, der besteg Pentadactylos.

I Limassol var der for megen travlhed til, at man kunne bekymre sig om obersten og hans veninde Fatima. Kriminalassistent Harry Andersen nød livet på havnen, og observerede alt, imens han reparerede net og tovværk for de lokale fiskere. Han havde flere gange taget imod invitationer til at tage på sildefiskeri. Ved hjemkomsten tidligt om morgen blev de friske sild renset, rullet i mel og stegt i olie. Det hele blev skyllet ned med Ouzo og kold Keo pilsner. Harrys selskab var populært, og hver morgen blev han mødt med et venligt råb fra mange munde: "Kalimèra, kalimèra". Harry svarede på dansk: "God morgen, god morgen!". Det varede ikke lang tid, før hele havnen råbte: "God morgen, god morgen!"

Munch på sin side var glad for, at Harry var beskæftiget. Munchs og Melissas forhold havde udviklet sig til mere end bare venskab. De vidste, at Mustapha boede hos Marias B&B, og alle hans bevægelser blev observeret. Både Munch og Frederiksen var noget bekymrede, da de erfarede fra Avo, at Mustapha havde lyttet til samtalen fra ventilationssystemet. De havde sammen med Lisa gennemgået referatet fra mødet; men heldigvis havde Dewan holdt det i en officiel tone, og ingen detaljer vedrørende Mustapha var blevet diskuteret. Munch vidste, at han kunne bede CYPOL om at anholde Mustapha. En blodprøve fra Mustapha, sammenholdt med blodet de fandt i sovevognen, ville fange ham. Der var dog et problem: Mustapha behøvede ikke at afgive en blodprøve. Det var hans ret at nægte dette, fordi den forbrydelse han var anklaget for, var sket i udlandet. Munch ville vente og holde ører og øjne åbne, indtil Mustapha gjorde et fejltrin. Var han blevet fanget af politiet på taget af hotellet, havde det muligvis været overstået; men han slap væk, og Munch vidste naturligvis, at han var farlig.

Dewan havde som præsident for "The Aphrodite Society of Cyprus" modtaget fire invitationer til Prins Falus cocktailparty. Een til præsidenten, een til vicepræsidenten og een til hver af de to præsidiemedlemmer. Da Bumburn havde fået sin egen invitation, besluttede han, at Avo, Lisa og Frederiksen skulle ledsage ham ombord. Avo ville på CYPOL's vegne forhøre sig om det natlige skyderi, og alle ville observere og lytte. De var enige om, at det ville blive en interessant aften, hvor de forhåbentlig ville lære noget om Prins Falus' omgangskreds.

I sin FN-limousine hentede Dewan selskabet ved Avo og Lisas lejlighed. Munch og Melissa blev i lejligheden, så de kunne observere Ibn Battuta fra balkonen. Harry var på havnen som observatør, og Avo havde ekstra folk ved Marias B&B.

Lisa var klædt i en vidunderlig aftenkjole med græsk præg, og hun nød, at Frederiksen havde besvær med at holde sine øjne for sig selv. Dewan viste sin interesse med elegante komplimenter. Herrerne var klædt i mørke habitter, bortset fra Avo, som var klædt i en smoking med hvid jakke og sorte benklæder. Bortset fra Dewan var alle noget uvant ved situationen; der blev afsløret af en munter, men noget reserveret konversation.

De ankom til havnen sammen med andre limousiner, og en kø dannede sig hurtigt. Chaufføren kørte Dewans limousine tilbage til hotellet med besked om at hente selskabet klokken 8. Söderström og Bumburn ankom straks efter i en taxi.

Uden for havnen lå Ibn Battuta med alle signalflag sat fra stævn til agter over skibets to master. Imellem flagene var der lys i forskellige farver. Man kunne se mennesker på swimmingpool-dækket, og det underste dæk, hvor småbåde kan sejle ind, var oplyst af blå undervandslamper, der skabte en uvirkelig stemning.

Den store plastikgummibåd kom ind i havnen i lav fart, og Prins Falus' gæster blev hjulpet ombord. Tenderen måtte sejle frem og tilbage flere gange og i lav fart for ikke at oversprøjte gæsterne med havvand. Ved ankomsten blev gæsterne ledsaget af en tjener op til det øverste dæk med swimmingpoolen.

En stor buffet var sat op langs væggen ind til salonen sammen med en overdådig bar, hvor champagnen allerede flød i stride strømme. Buffeten var overdådig. Det centrale var østers med russisk kaviar; men der var ingen grænser for lækkeriernes overdådighed.

Der var folk overalt og mange at hilse på. Frederiksen fulgte med Lisa rundt, da han ikke kendte mange, som Lisa gjorde. Der var talrige FN-diplomater, et par enkelte militærpersoner af høj rang, formentlig militærattacheer, og personer fra den cypriotiske regering, og naturligvis deres partnere, eller, som det blev udtrykt i diplomatiet, deres "espouses".

Det tog ikke lang tid, før alle var udstyret med champagne og gjorde ekskursioner til buffeten. Lisa greb Frederiksens arm og hviskede i hans øre: "Darling, vær forsigtig med champagnen!". Hun nikkede imod et par diplomater, der allerede havde fået tilbud om en "refill"; men de havde bedt om vand i stedet.

De fik selskab af Söderström, der allerede var igang med sit glas nummer to. Avo og Dewan var dybt inde i samtaler med medlemmer af diplomatiet. Söderström så imod Dr. Olson, der på højrøstet amerikansk underholdt et par damer og en cypriotisk officer. Söderström lænede sig imod Lisa og Frederiksen: "Vil I tænke jer; men den idiot derovre angreb mig voldeligt, da jeg som ordstyrer stillede ham et spørgsmål. Han er fuldstændig ude af kontrol, og nu er han i fuld gang med champagnen. Det skal blive interessant!" Bumburn dukkede op bag dem, og så imod Dr. Olson med et grin.

De kunne høre Dr. Olson højlydt erklære, at det var hans mening, at de fleste foredrag i grunden var bundkedelige: "På et tidspunkt", sagde han højt, "fandt jeg mig selv lyttende i mere end tyve minutter til et foredrag om tyktarmens funktionelle problemer, før jeg indså, at jeg var i den forkerte arbejdsgruppe!"

Derefter fortsatte Dr. Olson med at underholde gæsterne med en teori om coprophagi. Han erklærede

145

højlydt: "Coprophagi er en anden måde hvorpå man kan overføre pheromoner, der påvirker seksuel adfærd. Det mest kendte eksempel er hos vildkaninen, *Oryctolagus cuniculus*. I parringstiden, som næsten er året rundt, så æder hannen de ekskrementer, som hunnen efterlader. Det giver hannen stærk seksuel lyst, som vi kender konsekvensen af! Corprophagi er også almindeligt hos visse sommerfugle. For eksempel er Adonis blue, eller *Lysandra bellargu*s som er artsnavnet på latin, coprophag af den årsag, jeg har givet her. Adonis blue findes i Europas varmere områder og også her på Cypern". Dr. Olson tog en god slurk champagne, samtidig med at hans kvindelige tilhørere undertrykte en grimasse. "Ja, fortsatte Dr. Olson, "Det er utroligt, hvad man lærer af naturen. Tænk Dem, at visse marine orme parrer sig ved, at hannen stikker en armeret penis igennem huden hos hunnen!"

"Ja tak, Dr. Olson!", sagde en af hans kvindelige tilhørere. "Jeg tror, vi har hørt nok. De må undskylde os!" De to damer forsvandt imod poolen så langt væk fra Dr. Olson som muligt. Dr. Olson trak på skuldrene, vendte sig med begærlighed imod den russiske kaviar, og rakte en finger i vejret for at få en tjeners opmærksomhed.

Gumlende på en kanapé og med yderligere to i sin venstre hånd, samtidigt med at han klamrede sig til sit fyldte champagneglas i den højre, opdagede han Söderström. "Gamle ven!", råbte han, imens han stoppede de to kanapéer ind i munden. "Gamle ven!", gentog han og vinkede, samtidig med at han pressede sig ind imellem gæsterne for at nå Söderström. "Du må undskylde, gamle ven, jeg var lidt ivrig efter foredraget, men bryd dig ikke om det, jeg har allerede glemt alt om det!"

Söderström svarede: "Det er ok, det er, hvad der sker. Jeg ser, du nyder aftenen? Dr. Olson nåede ikke at svare, før Prins Falus viste sig på trappen til sin øverste private salon med to af sine unge, kvindelige livvagter. Han så henover alle gæsterne: "Mine damer og herrer! Det glæder mig, at så mange har accepteret invitationen til at komme ombord på min yacht Ibn Battuta. Jeg håber, I vil nyde forfriskningerne og lære så mange at kende som muligt, husk at det er, hvad et cocktail party er til for!" Han slog hånden ud mod et lille danseorkester, der havde samlet sig i et hjørne af dækket. Musikken startede med et brag, akkompagneret af springende champagnepropper, og dansen begyndte.

Dewan prikkede Söderström på skulderen, og sammen med Avo gik de op ad trappen til Prins Falus' private salon. En tjener, klædt i traditionelt arabisk tøj med en krum daggert, eller jambya, i bæltet, åbnede døren. Prins Falus stod ved baren og skænkede sig et glas af, hvad så ud som whisky. Han dumpede et par isklumper i, vendte sig om og vinkede sine gæster over til en eksklusiv sofagruppe, hvor to atletisk byggede, unge piger sad. Prins Falus satte sig imellem pigerne, som smilte venligt. "Tillad mig at introducere to af mine livvagter, Aaliyah and Layla".

"Behøver De virkelig livvagter?", spurgte Söderström noget naivt. Prinsen så på ham med et filosofisk blik, og åbnede begge hænder: "Alle som eksisterer, er født uden mening og fortsætter med at leve livet i svaghed. Vi dør ved uheld, men vi dør altid for tidligt eller for sent. Alligevel er vores liv komplet i det samme afsluttende øjeblik - klar til at blive mindet i en nekrolog. Vi er vores liv og intet andet. Så hvorfor skal jeg ikke berige mit liv med smukke kvinder?" Aaliyah og Layla smilte imod Söderström, der følte sig fanget uden argumenter. Han sukkede: "Ja, De har ret, jeg er naiv - naturligvis er det en elegant merit at omgive sig med smukke kvinder", svarede Söderström, og nikkede smilende til de to livvagter. "Der er bare det", fortsatte han, " I det land jeg kommer fra, er kvinder selvstændige og psykologisk dominerende. De henter deres mænd i en hundekennel!" Latter og smil bredte sig. Selv vagten med krumkniven havde svært ved at holde et grin tilbage.

"Venligst sæt jer ned", grinede Prins Falus og slog armen ud mod sofagruppen. Da de havde sat sig, spurgte Prins Falus: "What's your poison gentlemen?" Både Avo og Dewan bad om noget alkoholfrit, hvorimod Söderström svarede: "The same as you!" Prins Falus nikkede til tjeneren i baren, der hurtigt serverede drinksene rundt på en bakke.

Söderström smagte på sin whisky og fik et saligt udtryk i øjnene. "Det er en utroligt blød whisky, jeg har aldrig smagt noget lignende!" Prinsen grinede lidt. "Det er en Glenfiddich Janet Sheed Roberts Reserve fra 1955. Den kan være lidt dyr; men jeg køber altid et par kasser, så prisen kommer lidt ned!" Avo brød ind: "Jeg læste, at præcis denne whisky netop er blevet solgt på auktion i London. Een flaske gik for $94,000!" Söderström var ved at få whiskyen i den gale hals, men kontrollerede sig. "Det er nok lidt dyrt", svarede prinsen, "Jeg har haft nogle kasser ombord i ganske lang tid, så måske burde jeg genvurdere min beholdning!" Han løftede sit glas imod Söderström: "Cheers!"

148

"Jeg har hørt et rygte", sagde Prins Falus og rettede sig imod Dewan Affall, "at De har gjort nogle interessante opdagelser sammen med professor Söderström?"

"Interessante opdagelser?", svarede Söderström og så imod Dewan, som rettede sig lidt i lænestolen og svarede: "Det er ingen hemmelighed, at jeg er interesseret i botanik, specielt Cyperns flora. For flere år siden havde jeg i mit arbejde tid til at besøge mange lokaliteter sammen med Professor Söderstrøm, som også er interesseret i botanik. Dengang var han Løjtnant i Dancon. Vi har hjulpet botanikerne i ministeriet for landbrug og naturressourcer med at udarbejde en liste over alle frøplanter på Cypern. Den blev publiceret for nogle år siden. Nu arbejder jeg med en revision af bogen. Det er et arbejde, der aldrig vil blive afsluttet". Dewan holdt en kort pause og vendte sig imod Söderström: "Såvidt jeg ved, så er dit professorat i sammenlignende anatomi. Orkideer er en slags hobby for dig, ikke?"

Söderström nikkede samtykkende, imens han tænkte på den gode whisky i sit glas og muligheden for at få endnu en: "Jeg arbejder mest med receptorer i næseepithel hos hvirveldyr. Det har meget med udvikling, histologi og elektronmikroskopi at gøre".

Prins Falus nikkede forstående, men tænkte: "De danser som katte omkring kogt kamelmælk. Jeg må prøve en anden vej!"

Prinsen fortsatte: "Jeg har en del investeringer i medicinalindustrien. Mit favoritselskab er Shamanotis. Det er en risikabel investering, fordi de arbejder i fronten af medicinsk forskning; men det er i menneskehedens interesse, at vi udvikler nye mediciner. Jeg ser det som

149

filantropi og har accepteret muligheden for at tabe penge!"

"Som den største investor sidder jeg i bestyrelsen og følger med interesse alle de opdagelser og fremskridt, som kompagniets videnskabsfolk gør. Som I sikkert ved, så bidrog Shamanotis til udviklingen af Viagra, der har hjulpet mange mennesker".

Prinsen så på Söderströms glas, så imod tjeneren i baren og pegede. Söderström så med tilfredshed, at tjeneren kom med Glenfiddich Janet Sheed Roberts Reserve fra1955, og skænkede ham et propert glas.

Prins Falus fortsatte: "I øjeblikket så arbejder vi med en fortsættelse af det tidligere produkt. I ved sikkert, at Viagra ikke er et elskovsmiddel. Der er ingen tvivl om, at opdagelsen af et kemisk elskovsmiddel der kan indtages oralt, vil være af stor betydning for medicinalindustrien og vil hjælpe mange mennesker". Prinsen tog sit whiskyglas op imod læberne, og smagte forsigtigt på den gule væske.

Prinsen så imod Dewan og Söderström: "Jeg vil gerne høre jeres mening om dette?" Han fortsatte hurtigt: "Åh undskyld, jeg glemte min rolle som vært. Bare kald på tjeneren hvis I ønsker at smage på whiskyen eller ønsker noget andet!"

Avo bad om en lille whisky, men Dewan havde nok i sit mineralvand.

Prins Falus prøvede igen at få diskussionen igang: "Jeg har altid interesseret mig for Afrodites Kult. Det er bemærkelsesværdigt, at den har haft et så konstant følge igennem mere end to tusind år. Det er utroligt, hvor mange mennesker som deltager i Festivalen her i Paphos".

Prinsen tænkte lidt, og tog en risiko: "Jeg kan ikke frigøre mig fra den tanke, at det må have noget at gøre med vandet i Afrodites bad - er det sandt, at folk forelsker sig, når de drikker vandet?"

Dewan tænkte lidt og havde allerede indset, at hans diplomatiske snilde var nødvendig. Han sagde roligt: "Fontana Amorosa blev besøgt af den britiske konsul på Cypern, Alexander Drummond, da han foretog en rejse rundt om hele øen. Det var i April 1750. Han beskrev sin rejse til landet omkring Akamas, seks mil fra Polis. Såvidt jeg husker, så sagde han: "In the land of Akamas where flows the celebrated spring called the Fountain of Love; but I had no curiosity to taste the water, the effect of which on old people like me is said to be that of making the spirit willing while the flesh continues to be weak!"

Prins Falus smilede, og en svag fnisen kunne høres fra hans to livvagter. Det så ikke ud til at påvirke prinsen.

Dewan var bekymret over Söderström, og hvad han kunne sige, når virkningen af whiskyen satte ind. Han tog en hurtig beslutning og henvendte sig til Prins Falus:

"Jeg er præsident for the Cyprus Aphrodite Society. Avo Lefkarides er vicepræsident. Vi har i præsidiet diskuteret Deres ansøgning om medlemskab, og jeg kan her officielt erklære, at der var ikke nogen indsigelser. De vil modtage en skriftlig invitation med posten".

Prins Falus nikkede med tilfredshed. Dewan fortsatte: "Nu, da De kan deltage i de officielle sammenkomster og være tilstede, når Præsidiet holder sine faste møder, så foreslår jeg, at De søger den viden, der interesserer Dem dér!"

Dewan og Avo rejste sig, og Avo sagde: "De må undskylde, men tiden ombord er kort. Jeg tror, at vi nu, med Deres tilladelse, vil deltage i selskabet på dækket nedenfor. Der er kun omkring 20 minutter tilbage". "Naturligvis, tiden løber hurtigt", svarede prinsen og rejste sig. Söderström fik sig en hurtig whisky, og havde lidt besvær med at komme op af stolen. De tre herrer passerede vagten med krumkniven i den traditionelle Sunniarabiske uniform og gik ned på dækket.

Prins Falus satte sig igen i sofaen, lagde sine arme omkring livvagterne, så på vagten med krumkniven, og nikkede. Vagten åbnede en panel-dør tæt på nedgangen. Ud kom Bumburn med et skævt smil.

"Nå, hvad tror De?", spurgte prinsen.

22

Mustapha i ventilations systemet

Mustapha blev hurtigt klar over, at han blev skygget, allerede fra den første dag han indlogerede sig hos Marias B&B. Hun var ikke interesseret i at miste en god kunde, så hun gav ham nogle uskyldige hint: "Gå ikke ned til havnen, når vejret er dårligt!", sagde hun, selvom vejret var godt næsten hver eneste dag. "Der er mange sorte katte ude i mørket!", og så videre og så videre. "Hvis ikke det siver ind, så må der være noget galt med ham", tænkte hun. Men det sivede hurtigt ind, og han blev mistænksom, hvis nogen kom til hoveddøren.

Mustapha tog ingen chancer og holdt altid et vindue åbent, så han kunne komme ud på taget. Marias hus var midt i en række af toetagers huse bygget for mange år siden. Der var ingen isolering imellem etagerne. Man kunne se gulvbrædderne i loftet og læse, at de oprindeligt kom fra Libanon via Tyrkiet, da fragtruten var trykt i sorte bogstaver. Gulvbrædderne havde engang været transportkasser for militær udrustning. På gulvet i Mustaphas værelse var der arabiske tæpper; men han kunne høre alt, hvad der foregik nedenunder, og Maria kunne høre ham bevæge sig over gulvet.

Det meste af tiden sad Mustapha ved det åbne vindue og røg tyrkiske cigaretter og så ud på haverne imellem husene. Haverne var adskilt af tykke mure af muddersten, så det var relativt let for ham at komme fra vinduet ned på murene og så ned i haverne, hvis det skulle blive nødvendigt. Når han gik ud, så var det for at købe cigaretter, nødder og tørrede figner hos købmanden og så for at få en kop tyrkisk kaffe hos bageren. Når han kom, havde bageren kaffen klar og serverede den automatisk. Bageren så på Mustapha og spurgte: "Metrio?", og Mustapha nikkede. Han kunne ikke lide for meget sødt; men kaffen var stærk, så lidt sukker gav en bedre smag.

Mustapha kunne sidde i lang tid og studere gæsterne, der kom og gik. Det var hovedsagligt ældre mænd, som sad og snakkede i timevis. Han genkendte dem og vidste, når der var nye gæster. Hans skygger bevægede sig igennem gaden, men ikke midt på dagen når det var varmt. De gamle mænd snakkede lidt med ham, da de vidste, at han talte engelsk. Det var kun god dag og farvel. Han sad bare og læste "Cyprus Mail", imens han drak sin kaffe. Mustapha læste om symposiet og Afrodite festivalen på de lokale sider fra Limassol og Paphos. Det var derfor, han havde besluttet sig for at inspicere Hotel Limassol Plaza, da det var der, de fleste gæster boede, og det var byens eneste luksushotel.

Han havde ventet nogle timer over midnat, før han gik nedenunder. Han gik ind på toilettet i gangen ved hoveddøren efter at sikret sig, at Maria sov. Hun havde en åben dør og en let genkendelig snorken. Han slap lydløst ud af døren og gik i skyggen af månelyset. Der var ingen på gaden, og det var let for ham at slippe bort. Han ventede mange steder for at se, om han blev forfulgt, men observerede intet mistænkeligt. Alle i byen sov! Mustapha kravlede over en mur til hotellets baggård, der lå i mørke, og kravlede op ad brandstigen til taget. Her sov han et par timer, før han kunne høre, at hotellet vågnede op. Han fandt et godt udsigtspunkt og flyttede med skyggen dagen igennem for at undgå den stærke sol. Han observerede Dewan's limousine, da han ankom, og også Munch og Melissa lidt senere. Da han så Melissa, blev han vred, og efter at havde set Dewan på en balkon besluttede han sig for at krybe ind i ventilationssystemet. Han havde sit "kit" med sig i en lille sort rygsæk. Den indeholdt en plastikæske med førstehjælp, et par overvågningskameraer, noget sort reb, en kniv, nogle æsker med ammunition og et par ladte magasiner. Desuden nogle nødrationer. Han bar en 8mm pistol på sig og to ekstra magasiner. Desuden havde han et knojern og en kampkniv fastgjort til sin ankel.

Da han krøb igennem ventilationssystemet, kom han over Söderströms værelse. Han genkendte ham fra billeder i "Cyprus Mail" og havde læst, at han var i byen for at deltage i symposiet, og at han var en kendt forsker i humane pheromoner. Mustapha så Söderström sidde bøjet over en laptop med en notesblok ved siden. Han gættede på, at han nok forberedte sit foredrag, og måske kunne der være noget interessant, der ville interessere prinsen. Han besluttede at installere et overvågningskamera for et stykke tid. Han kunne altid hente det senere.

På vejen tilbage til Marias B&B passerede han en mur, hvor der var en hulning i væggen med en Jomfru Maria figur. Det var mest kvinder, som stoppede og bad til figuren, før de gik videre. Det var på dette sted, at Prins Falus gav sine ordrer til Mustapha. En af prinsens piger passerede stedet klædt i en traditionel sort kjole med et tørklæde over hovedet, og placerede en lille rulle papir med Mustaphas ordrer skrevet på arabisk. Rullen var skjult i en revne i murværket. Nogle dage var gået uden en lyd fra prinsen, og det bekymrede ham. Men idag så han, at der var et kridtmærke på en aftalt mursten, som angav, at der var en besked til ham i muren. Mustapha spildte ikke tiden. Han så sig omkring; men der var ingen på gaden. Han bøjede sig imod helligdommen og foldede hænderne. Han så op gjorde korsets tegn på sit bryst og med en hurtig, fejende hånd fjernede han papirrullen fra muren. Hele ceremonien tog nogle sekunder, fra han så kridtstregen, til han havde papirrullen i sin lomme. Tilbage på sit værelse i Marias B&B læste han ordren: "Kom til den store sten på øst-stranden 1 pm". Det var alt.

Mustapha indså, at han måtte have noget med til prinsen. Han ville efter mørkefald gå tilbage til Hotel Limassol Plaza og hente det overvågningskamera, han havde installeret over Söderströms værelse.

En af Avos agenter havde observeret, at papirrullen blev placeret i mur-revnen. Hun fik den hurtigt ud, tog et billede af teksten, og lagde rullen tilbage igen, før nogen så det. Det tog ikke lang tid før teksten var oversat, og Munch informeret. Avo og Munch var enige om, at det vigtige var at følge Mustaphas bevægelser for at få et billede af, hvad han og Prins Falus var ude på.

Da Mustapha gik ud efter mørkefald, fulgte Munch efter. Mustapha fulgte hus- og havemurene i mørke, og gik i retningen mod Hotel Limassol Plaza. Han kravlede over muren ind til hotellets baggård. Køkkenet var stadig åbent, og lyset skinnede ud i gården. Der var højlydt snakken og skramlen med potter og pander. Ventilationen gik for fuld fart, og lugten af mad var overalt. Der var ingen vagter.

Brandstigen var fri, og det så ikke ud til, at noget var ændret, siden han var der sidst. Mustapha stod i skyggen, da en kok kom ud og røg en cigaret. Han kunne lugte den stærke aroma, og ønskede, at han kunne ryge en smøg. Så snart kokken gik ind i køkkenet, forsvandt Mustapha op ad stigen og nåede taget uden besvær. Munch var allerede på taget. Han var kravlet op ad en anden brandstige uden for gården, imens Mustapha skjulte sig for kokken.

Da Mustapha kom op, gik han forsigtigt over til ventilationsanlægget, og lagde sig på knæ. De tidligere bolte var blevet erstattet med låsebolte. Det bekymrede ikke Mustapha. Han tog sin lille rygsæk af og tog en laptop ud. Hurtigt åbnede han programmet, der styrede hans overvågningskamera. Han åbnede WiFi forbindelsen, og begyndte at downloade optagelserne fra overvågningskameraet af billeder og en del videos. Det hele tog et par minutter. Munch stod i den anden ende af taget i skjul af en skorsten. Han så med sin natkikkert, at det var billeder, Mustapha var ude efter. Efter en kort stund nikkede Mustapha tilfreds, pakkede laptoppen sammen, og forsvandt ned ad brandstigen.

Munch klikkede to gange med sin radio, dette signalerede til Harry og Melissa, at Mustapha var på vej. De fulgte ham på afstand igennem byen, hvor cafeerne var fyldt med gæster. Cyprioterne spiser altid sent. Det var ingen overraskelse, da Mustapha passerede havnen, og gik langs muren, der fulgte øst-stranden. De stoppede, når Mustapha stoppede, og de skjulte sig imellem nogle store sten. Der var to timers venten før 1 pm; men præcis til tiden ankom en af de mindre gummibåde fra Ibn Battuta og hentede Mustapha. Harry og Melissa gik tilbage til deres hotel, hvor Munch ventede. I mørket på balkonen nød de alle en syvstjernet Metaxa Brandy. Klokken tre samme nat lettede Ibn Battuta anker for at sejle til Polis.

Tidligt næste morgen var Harry tilbage i havnen. Avo og Munch krøb op på taget af Hotel Limassol Plaza sammen med én fra det tekniske personale. De åbnede ventilationslemmen, og teknikeren krøb ind i ventilations systemet. Dette var kun muligt for meget slanke personer. Det tog ikke lang tid, før han havde lokaliseret kameraet over Söderströms værelse og udskiftet flashkortet. Efter at have set billederne og videoerne indså de, at Prins Falus nu havde Dewan Affalls og Söderströms symposiumpræsentation, og måske forstod Afrodites hemmelighed.

Avo havde hurtigt rapporteret til Cyprus Central Intelligence Agency (CCIA), som indså, at der var mere ved ham fotoforhandleren fra Regina Street, end de havde regnet med. Det blev besluttet at igangsætte "Operation Aphrodite", og Avo Lefkarides blev udnævnt til operationsleder.

23

Afrodite festival

Et par hundrede pilgrimme havde før solopgang
samlet sig på stranden ved det, der igennem mere end to
tusind år er kendt som Afrodites fødested.

Det er en formation af klipper, der stiger op af havet.
Igennem det meste af året er havet roligt, og kun en
sporadisk havbrise kan sætte bølger i bevægelse. I den
sidste del af vinteren og den første del af foråret
forekommer et naturligt fænomen: Konstante vinde
blæser bølger ind fra to retninger. Bølgerne rammer den
største klippe med en sådan kraft, at søjler af vand
sprøjter tre til fire meter op i vejret. Vandsøjlerne falder
tilbage én for én i en kaskade af skum, der drives i læ
langs klippen. Skummet former en sagnagtig
menneskelignende figur med udspredt langt hår og
dryppende arme, der syntes at rejse sig op af havet.

Pilgrimmene ventede i tavshed på solopgangen. Det
første lys ramte Afrodites klippetop, som om det var givet
i storsind af en fremstrakt hånd. Med et magisk spil af
refleksion fra bølgerne og fra klipperne blev lyset
reflekteret i rødt, lyserødt og guld. Som solen steg, ramte
lyset søjlerne af vandsprøjt, og skiftede til en mørkere
farve for tilsidst at ramme flommen af skum. Da det
skete, kunne man høre et drag af suk og begejstring gå
igennem flokken af pilgrimme. Det var, som om
skummet kom til live, og rejste sig til en
menneskelignende figur med langt bølgende hår og
udstrakte arme.

Dewan og Avo stod foran pilgrimmene; de var begge klædt i en klassisk græsk dorian chiton med et bånd af guldbroderier langs kanten. Chitonen blev holdt sammen med en broche af guld og nåede til lidt over knæet. Lisa bar en lignende, men todelt chiton, der nåede hende til anklerne. Hendes mørke hår var sat op med et guldhårbånd, og lange slanke krøller faldt over hendes skuldre. Hendes skønhed var ubeskrivelig.

Dewan hævede stemmen, imens han så på pilgrimmene: "Ifølge sagnet om Afrodite er dette stedet, hvor hun rejste sig fra skummet, der dannes omkring denne klippe. Gaia, vores moder jord, bad sin søn, Cronus, om at straffe sin far, Uranus, himlens Gud. Cronus forsøgte at skære Uranus over under hoften med en scythe. Uranus flygtede, men mistede en del af sin underkrop og sine testikler, der faldt i havet. Ud af det hvide skum, der rejste sig i kampen, opstod Afrodite. Bølgerne bragte hende først til Kythera og så tilbage til Cypern, hvor et sanctum, Afrodites Tempel, blev bygget i Gamle Paphos. Myten beretter, at de, der på netop denne morgen svømmer omkring Afrodites Klippe, vil blive velsignet med evig skønhed".

Pilgrimmene vendte sig imod havet og gik ud, indtil vandet nåede dem til livet. Et stykke tid efter, da solen var steget yderligere, forsvandt farvespillet fra Afrodites klippe, og pilgrimmene begyndte deres vandring til Afrodites Tempel ledet af de tre beskyttere, Dewan, Avo og Lisa.

I flokken af pilgrimme var Frederiksen sammen med Obersten og Fatima. Flokken bevægede sig langsomt lidt indlands fra kysten imod Gamle Paphos og Afrodites Tempel. Der var arrangeret "vandningshuller" langs ruten, der ikke var særlig lang. Men det var varmt, og der var ingen skygge.

Pilgrimmene nåede Afrodites Tempel og de små restauranter under skyggefulde vinranker. Bordene var allerede dækket med en overflod af græsk "meze" og fyldte flasker med lokal vin og vand. Det tog ikke lang tid, før stole og borde var fulde af gæster med store forventninger.

Dewan stod på en bænk i skyggen af et stort figentræ. Han hævede stemmen i et forsøg på få pilgrimmenes opmærksomhed. Det lykkedes ikke; men en af restaurationsværterne kom ud fra køkkenet, og råbte højt på græsk, og hamrede med en stor træske på en sort gryde. Det skabte stilhed!

"Mine damer og herrer, ærede pilgrimme! Som I ved, så er der ingen grænser for Afrodites jalousi. Hun overvåger sine tilbedere både dag og nat. De, som falder fra og tilbeder Dionysos, vinens Gud, vil blive straffet af Afrodite, den sande gudinde for kærlighed! Husk på, at de gamle grækere drak fortyndet vin for ikke at efterligne deres barbariske naboer. Grækerne kaldte deres måde at drikke for den Schytiske måde. De gamle grækere var af den opfattelse, at det at drikke ufortyndet vin ikke kun var uciviliseret men også usundt, og at det kunne lede til sindsyge. Med disse ord vil jeg ønske jer velbekomme!"

Efter et par timer var begejstringen for frokosten ebbet ud. Flere pilgrimme sov i skyggen af figentræet, imens andre drak tyrkisk kaffe. Et stor hvidt markisetelt var rejst ved ruinerne af Afrodites Tempel. Langsomt drev de trætte pilgrimme hen imod markiseteltet for at sætte sig på stolene. Dewan og Lisa stod på et lille podium for at tale til pilgrimmene.

"Ærede pilgrimme", begyndte Dewan,

"Afrodite anerkender tre slags kærlighed: elskovskærligheden, der er den yngre kærlighed, kærlighedsspillet, som kan lede til elskovskærlighed eller afvisning, og, åndelig kærlighed, der er den modne kærlighed. Den åndelige kærlighed er også den medfølende og barmhjertige kærlighed. Det er alle dem, vi beder Afrodite om. Afrodite afviser Narcissus kærlighed, "Amour de soi", som egoistisk hengivelse".

Dewan holdt en pause og så på Lisa, før han igen vendte sig imod pilgrimmene og fortsatte:

"Afrodites kærlighed er forbundet til tid. Hvis vi opnår den kærlighed, vil vi føle, at tiden står stille, og at den process der gør os ældre, stopper. Når vi forelsker os, vil tiden ingen betydning have, og vi vil leve for altid".

Dewan holdt igen en pause for at drikke lidt vand. Han så igen på Lisa og derefter på pilgrimmene:

"Mange mennesker tilbeder andre guder og søger spirituel tid for at stoppe den fysiske tids fremmarch i desperation over tanken på døden. Buddhister søger spirituel tid igennem bønner og meditation. Katolikker tilbeder Jomfru Maria, som symbolsk afviser fysisk kærlighed. Mange søger mod klostrene for at opnå spirituel kærlighed. Kun igennem tilbedelse af Afrodite, kærlighedens sande Gudinde, kan I sikre evig spirituel og åndelig kærlighed. Det er derfor, at mange søger til Afrodites tempel, fødested og bad".

Da Dewan afsluttede sin "Tale til pilgrimmene", var han meget bleg. Lisa holdt ham under armen, da hun indså, at han var ved at besvime. Hun satte ham på en stol. Vand og et vådt håndklæde blev hurtigt bragt frem af villige hænder. Langsomt fik hans ansigt igen farve, og han hviskede i hendes øre: "Du ved, at jeg elsker dig!" Lisa sank en klump. "Det gør mig ondt", svarede hun, "Men, man kan ikke elske to!"

På det tidspunkt var Frederiksen, Obersten, Fatima og flere pilgrimme fremme for at hjælpe. Dewan rejste sig med besvær og fortsatte: "Ærede pilgrimme! Jeg vil nu opfordre jer til at foretage en stille, spirituel vandring igennem Afrodites tempel og komme tilbage til jeres stole, før vi fortsætter til Afrodites bad, Fontana Amorosa".

Pilgrimmene vandrede i tavshed omkring ruinerne af Afrodites tempel. Stilheden, den varme sol og udsigten over havet skabte en dyb, afslappet atmosfære af beundring og eftertanke. Efter en tid var de alle tilbage på deres stole.

Dewan rejste sig og så på pilgrimmene: "Vest for den lille fiskerihavn, Latcei, mod spidsen af Akamas halvøen, vil vi finde en naturlig grotte, som kildevand har udhulet igennem årtusinder. Vi vil se en fantastisk udsigt over Polis bugten. Kilden springer ud i bunden af grotten, der på denne årstid er omgivet af et idyllisk landskab med søde dufte af vilde blomster. Det er Afrodites bad. Ifølge mytologien var dette stedet, hvor Afrodite mødte sin elsker, Adonis, der var på jagt i Akamas skove. Han stoppede ved kilden for at drikke, og blev målløs ved synet af den nøgne gudinde, der badede i kildens krystalklare vand. De blev begge fortryllet over hinandens skønhed!"

Dewan fortsatte: "Ærede pilgrimme, vi vil nu fortsætte vores Aphrodesia med bus til Polis og Afrodites Bad".

24

Operation Aphrodite

Söderström og Dewan Affall arbejdede hurtigt med at samle resultaterne og forskningsnoterne, de havde fra gammel tid. De bestemte, at der var kød nok til en symposium-præsentation; men de var bekymrede for, hvad effekten ville blive på orkidevegetationen ved Afrodites bad. De bestemte sig for arbejdstitlen: "Effekter af pollen fra Afrodites orkide, *Serapias aphrodite*, nøgen mand orkideen, *Orchis italica*, og abe-orkideen, *Orchis simia*". Titlen var noget vag; men det var bevidst set i lyset af de kræfter, der var på spil.

Så fik de et besøg af Avo Lefkarides, der kom som repræsentant for CCIA og for Ministeriet for Landbrug og Natur Ressourcer".

Ibn Battuta ankrede op uden for stranden vest for den lille fiskerihavn, Latcei. Kaptajnen og Prins Falus scannede kysten og stranden med kikkerter og fandt alting forladt. Fiskerihavnen var et par sømil mod øst; men de så ingen både. Den mindste gummibåd blev sat i vandet kun med Mustapha og Bumburn ombord. De sejlede båden hurtigt ind imod stranden. Der var igen brænding, og de sejlede let gummibåden op på stranden. Mustapha greb et lille anker, der med et reb var fastgjort til gummibådens bov og pressede det ned i sandet højere oppe. I gummibåden havde de ti små kølekasser, som de hurtigt placerede i skyggen under et træ højere oppe på stranden.

Hurtigt gik de igennem strandvegetationen og op på et nedre plateau, der strakte sig ind til den næsten lodrette klippevæg, som ledte op til Akamas plateauet.

Klipperne var dækket af en tæt, frodig vegetation med en stærk duft fra vilde blomster. Det var egentlig kun kalkstensklipper, som var blandet med frodig, fugtig jord, og der var små-sumpede steder med vand, der sivede op igennem revner i kalkstenen. Langs kanten af små-sumpene groede tætte bestande af orkideer blandet med andre blomstrende planter. Bumburn var betaget af synet men bekymret over, at der ikke var nogen blomstrende orkideer. Der var mange med knopper, og overalt var der afkastede visne blomster. Bumburn var ikke botaniker; men han havde håbet, at han kunne adskille arterne ved at se på blomsten, som han havde billeder af i en lille turistflora, han havde købt i lufthavnen. Mustapha slæbte et par kølekasser op, imens Bumburn noget febrilsk begyndte at indsamle planter. Med en planteske løsnede han rødderne og placerede hele planten i en plastikpose, som han forseglede. Han arbejdede hurtigt uden nogen plan, andet end at få fat i så mange som muligt. Når poserne var fyldt, rakte han dem til Mustapha, der anbragte dem i kølekasserne. Dette fortsatte en tid, indtil alle ti kølekasser var fyldt med orkideer. De havde ribbet flere små-sumpe for orkideer og efterladt dybe huller i den våde jord. Det bekymrede dem ikke. Bumburn afsluttede sin indsamling med at fylde en termokande med vand fra en af små-sumpene.

De slæbte med besvær alle kølekasserne ned til stranden, men indså hurtigt, at kun halvdelen ad gangen kunne transporteres tilbage til Ibn Battuta. Vægten blev for stor for den lille gummibåd med to personer. Bumburn tog en hurtig beslutning. Med fem kølekasser skubbede de gummibåden ud i vandet. Bumburn sprang i, og med en åre skubbede han båden ud, startede motoren og forsvandt imod Ibn Battuta med et: "See you later!" Han efterlod Mustapha og fem kølekasser på stranden.

Avo havde forladt pilgrimmene ved Afrodites tempel, og i en bil mærket "Cyprus Forestry" hentede han Melissa og Munch ved deres hotel. Der var en del udrustning i bilen. De kørte hurtigt imod Paphos og så imod Polis. Før Polis nåede de vejen med skiltet "Fontana Amorosa" med en pil nedenunder. Melissa og Munch hoppede ud, tog to rygsække med udrustning og begyndte vandringen langs stien imod kilden. Avo fortsatte til Polis for at tale med skovbetjentene på deres kontor.

Et stykke inde ad stien begyndte Melissa og Munch en langsom opstigning til Akamas plateauet. Da de nåede plateauet, fortsatte de hurtigt mod vest over det udtørrede klippelandskab med tæt makibevoksning.

Efter et stykke tid nåede de et hegn, som strakte sig så langt man kunne se over plateauet. De fulgte hegnet og så med jævne mellemrum skilte med teksten: "Unexploded ordnance. Do not enter!" med to krydsede kanoner, en løve og en krone under. "Gammelt skydeterræn", sagde Munch, og de fortsatte langs hegnet, der ledte dem mere vestpå. Hegnet stoppede ved en klippekant med et næsten lodret fald på omkring halvtreds meter. De så ud over havet og så den velkendte profil af Ibn Battuta for anker. Under dem, og så langt de kunne se, var der bevoksninger af cedertræer. Der var flere raviner, som faldt ud mod kysten og imellem dem et åbent skovlandskab. Til højre kunne de imellem cedertræerne skimte stien og indgangen til kilden. Betaget af udsigten satte de sig ned. Munch lagde sin arm omkring Melissas skulder og så på hendes mørke øjne: "Er dette ikke fantastisk. Jeg kan føle, at det er her, kærligheden gror!" Melissa nikkede, og faldt ind i hans arme. De delte en energibar og drak noget vand, imens de så ud over havet.

I netop det øjeblik kom fire skovbetjente ud af bevoksningen og gik langs stranden imod Mustapha og de fem kølekasser. De var blevet tilkaldt per radio af Munch, som sammen med Melissa havde set hele operationen oppe fra plateaukanten. Mustapha greb sin pistol og rettede den mod skovbetjentene. De fire betjente stoppede. En af dem råbte til Mustapha: "Hvad De har gjort her, er ulovligt. Jeg vil bede Dem om at følge med!" Melissa så på Mustapha igennem kikkertsigtet på en MSG-90 sniper riffel med lyddæmper. Med præcision placerede hun et skud i sandet foran Mustapha. Han fik et chok, sprang op, og så op imod plateaukanten. Han spildte ikke et sekund, men kastede sig ind i den lave vegetation og på alle fire kravlede han dybere ind, med al den hast han kunne mønstre. Melissa havde ingen intention om at skyde Mustapha; men hun var nødt til at beskytte skovbetjentene. De så Mustapha forsvinde i den lave cedertræsbevoksning langs bunden af klippevæggen imod kilden. Melissa og Munch vidste, at det var den eneste vej ud, med mindre han ville forsøge at komme op på Akamas plateauet og gå igennem skydeterrænet.

Bussen med Afrodites pilgrimme havde arbejdet sig op på Akamas plateauet, og nu gik det nedad. Et stykke før

Polis stoppede bussen ved en sidevej, hvor der stod et skilt med teksten: "Fontana Amorosa" og en pil. Arvo havde hentet Söderström på skovmyndighedens kontor. De stod nu og ventede på pilgrimmene.

En del af frokostgæsterne havde foretrukket at blive kørt tilbage til deres hoteller for at hvile ud. Det havde reduceret pilgrimsflokken til lidt over halvdelen. Avo diskuterede kort med Dewan, Lisa og Frederiksen. Obersten og Fatima lyttede med. "Jeg har fået efteretning om, at Ibn Battuta nu ligger for anker uden for stranden, og at Mustapha er et eller andet sted i landskabet. Så vær agtsom!" Arvo talte med nogen over radioen, der gav nogle skrattende lyde. Pilgrimmene og Dewans selskab begyndte at gå imod Fontana Amorosa, mens bussen fortsatte til Polis.

Mustapha lå skjult under en klippe og ømmede sig. Hans hænder og ansigt var fulde af sår og rifter fra den tornede maki-vegetation, og han havde flere huller i bukserne. Han indså det umulige i sin situation. At kravle op på plateauet var en mulighed; men det kunne han kun gøre uset i mørke. Den anden mulighed var at komme ud igennem dalen, for der var ingen chancer for, at Ibn Battuta ville sende en tender ind for at hente ham. Han kunne nu høre skovbetjentene arbejde sig igennem den tætte vegetation. Han sprang op og bevægede sig så lydløst som muligt frem igennem dalen. Frem foran ham var et hegn, der lukkede tilgangen til den indre dal fra kilden. Mustapha kunne se, at der var borde og bænke, og at indgangen til kilden var låst med en jerngitterdør. Han forcerede hegnet med lethed, da det var beregnet til at stoppe folk fra den anden side. Med begge fødder på jorden svedte Mustapha nervøst. Han var bange. "Hvem var det, der skød fra plateaukanten? Det er sikkert ham strisseren og Melissa, den bitch!", tænkte han. I det sekund kunne han høre, at der var flere mennesker, som vandrede op imod kilden. Forrest gik en skovbetjent.

Langs hegnet var der opstillet to affaldscontainere med låg i forskellige farver. Sort plastik stak ud under låget. Mustapha åbnede låget på den med det røde låg. Den var tom, og en sort plastikpose var spændt ud over kanten. Uden at tænke yderligere trak han plastikposen til den ene side og hoppede ned i containeren. Der var ikke meget plads; men han var en lille, benet person, og der var nok plads til, at han kunne folde sig sammen i bunden. Mustapha strakte sin hånd op, fik plastikposen tilbage over kanten og lukkede låget. Nu lå han i en ubekvem stilling; men bunden af plastikposen dækkede hans krop. Hvis nogen åbnede låget, og så ned i containeren, ville de ikke se ham - kun en plastikpose. Mustapha undrede sig over, hvordan han var havnet i denne situation.

Pilgrimmene ankom til Afrodites bad, og stemningen var høj. Alle satte sig på bænkene, imens skovbetjenten åbnede gitterdøren ind til grotten. Obersten og Fatima sad tæt sammen ved de to affaldscontainere. Skovbetjenten havde en lille håndtrukket vogn med kopper, kaffe og te på termokander. Det blev hurtigt fordelt på bordene, og snakken gik. Arvo snakkede med nogen over sin skrattende radio, og han så igennem hegnet og op imod plateaukanten. Obersten så på den ene affaldscontainer. Den var blevet flyttet lidt at dømme efter mærkerne i det våde sand. Obersten så også, at der var grove fodspor. Containeren med det røde låg bulede lidt ud i bunden, hvorimod den med det gule låg virkede normal.

Obersten så på Fatima og hun på ham. Med tommelfingeren pegede han mod containeren. Hun nikkede. Obersten tog en militær feltspade frem af sin rygsæk, foldede den ud og rakte den til Fatima. Han rejste sig og gik stille om bag containeren. Fatima fulgte efter med begge hænder i et fast greb om spaden. Med kraft greb Obersten fat i containeren og skubbede den hårdt fremover, så den væltede med et brag. Ud kom plastikposen og Mustapha! Han rejste sig på knæ i samme sekund, som Fatima hævede spaden over Mustaphas hoved. Spaden faldt som en tung stegepande imod en hård del af hans kranium. Han faldt forover. Frederiksen, som havde set Obersten rejse sig, sprang frem, lagde hele sin krop oven på Mustapha og holdt begge hans arme i et fast greb. Oberst Scharck Scharckenlund stod oprejst og forsøgte med højre hånd forgæves at sno sit ny-anlagte overskæg. Med fast stemme erklærede han: "Good job old chap!", og så på Frederiksen i mudderet. Fatima så på Oberst Scharck Scharckenlund med et beundrende blik. I samme øjeblik faldt der et reb ned fra plateauet halvtreds meter oppe. Der gik et sus igennem forsamlingen, da Melissa og Munch i stor fart kom i abseil ned ad den næsten lodrette klippevæg. Munch løste sin sele og sprang over til Frederiksen med et sæt håndjern. De låste Mustaphas hænder bag hans ryg.

Melissa var halvvejs tilbage op ad klippen, da Munch fulgte efter. Begge forsvandt over plateaukanten lige så hurtigt, som de var kommet ned.

Lyden af sirener kunne høres fra landevejen, og ind strømmede flere Cypol betjente med hævede knipler. Avo pegede på den liggende Mustapha. Han rejste sig omtumlet og med en stor bule i hovedet blev ledsaget af flere betjente ud til et ventende salatfad - i traditionel cypriotisk stil med et fast greb i hver arm, hængende hoved og slæbende fødder!

25

Prins Falus's fald

Kaptajnen på Ibn Battuta havde i sin kikkert set aktiviteterne på stranden. Så snart Bumburn kom ombord, hævede han ankeret og sejlede imod Polis. Han vidste, at før eller siden ville de få besøg af Cypol, toldere og paskontrol. Det kunne kun ske i Limassol. Hvis de gik ud i internationalt farvand, ville de blive stoppet, når de igen forsøgte at komme i havn, selv i et andet land. Han behøvede et klareringsdokument. Men prinsen ville først til Polis. Kaptajnen havde sejlet i mange år som skibschef, så intet forbavsede ham, og han bare trak på skuldrene. Tingene ville falde på plads.

Inde i salonen havde Bumburn forsøgt at sortere de indsamlede planter, imens prinsen så over hans skulder. Prinsen stillede spørgsmål: "Hvor tror De, styrken sidder?", og "Skal de tørres først?". Bumburn vidste, at han var på usikker grund. Han vidste ikke, hvilke arter han havde. Dewan og Söderström havde i deres foredragsmanuskript skrevet, at orkideen *Serapias aphrodite* bidrog med en stærk erotisk effekt på dem der drak kildevandet; men det var ikke klart hvordan. Andre orkideer bidrog også. Af en eller anden grund så havde Söderström ikke åbnet de sider, der gav den afsluttende konklusion. De var derfor ikke fotograferet af Mustapha's kamera. Men det havde ikke stoppet prinsen. Prins Falus spurgte: "Hvor lang tid vil det tage, før vi kan teste produktet?" Det blev for meget for den stressede Bumburn. "Vi kan teste det nu!", svarede han hurtigt.

172

"Bed kokken om at tilberede en salat; så kan De teste det på dem selv og deres livvagter!"

Prins Falus så overrasket op og svarede:"Hvorfor ikke!" Han ringede med en lille klokke og bad sin tjener med krumkniven om at hente kokken. Kokken så med mistro på planterne og kiggede på Prins Falus, der havde et underligt smil. Kokken kunne se, at det var løgplanter, "Hvorfor ikke", tænkte han kreativt.

En halv time senere serverede kokken fra et rullebord et par tallerkener med en eksotisk salat bestående af snittede orkidéplanter og løg blandet med passionsfrugt og pistacienødder. Det hele var overdrysset med den bedste jomfruolivenolie og lidt havsaltflager. Prinsen lå i sin seng med en atletisk kvindelig livvagt på hver side. Kokken så bare prinsens nøgne, behårede bryst, dækket med flere guldkæder, og to, tilsyneladende nøgne livvagter. På rullebordet var der også flere slags frugter og frugtjuice. Kokken bukkede, da han bakkede ud af suiten. Han savnede Fatimas professionelle hjælp.

Ibn Battuta ankrede op uden for Polis en time senere. Alt var tilsyneladende fredeligt, og ankeret holdt godt. Kaptajnen gav sine ordrer til ankervagten og gik ned i messen for at bestille noget, han kunne spise. Det havde været en lang nat og dag. Han sad mageligt og læste den sidste udgave af Cyprus Mail. Symposiet havde været en success, og der var mange deltagere i Afrodite Festivalen, læste han. Kaptajnen så op, da han hørte fødder på lejderen fra Prins Falus' sovesuite. Det var en af prinsens livvagter i en silkekåbe. Hun var bleg. "Kaptajn", stammede hun, "Jeg tror prinsen behøver hjælp; han er besvimet!" Kaptajnen fik hurtigt fat på Bumburn, og sammen med prinsens tjener med krumkniven gik de ind i suiten. I sengen lå Prins Falus besvimet, men med en imponerende rejsning. Den anden livvagt sad på kanten af sengen. "Det er bedre at I går ud", sagde Bumburn bestemt og henvendte sig så til tjeneren med krumkniven: "Vil De venligst bringe genoplivningsudstyret". Tjeneren forsvandt straks ud af døren, og inden længe arbejdede Bumburn med at få prinsen tilbage til bevidsthed. Kaptajnen hjalp Bumburn; men det gik ikke, som de forventede. Prinsen vågnede halvt op, og smågrinede igen og igen. Imellem små-grineriet mumlede han noget uforståeligt. "Jeg skal som Sultan her....." og fortsatte sine hysteriske små-grin, og så ikke mere. Kaptajnen besluttede at tilkalde en helikopter, der kunne flyve Prins Falus og Bumburn til distriktshospitalet i Limassol.

Helikopteren kom inden for en time, og landede på Ibn Battutas helipad. Det tog kun nogle minutter at få Prins Falus op på en båre og ind i helikopteren. Bumburn fløj med på Kaptajnens anbefaling. Han havde en taske og termoflasken med kildevandet i med sig. Bumburn fulgte prinsen ind på hospitalet og ventede længe, før en sygeplejerske kom ud og sagde, at prinsen havde genvundet bevidstheden. Bumburn fik tilladelse til at se prinsen, som var meget udmattet, havde uklar tale og småhysteriske grin. Her erfarede Bumburn, at Prins Falus diagnose havde skabt furore på hospitalet. Der var ingen læger, som før havde set noget lignede. Det var en nyansat, yngre læge, der stillede diagnosen: "Chronic ischemic priapism"! Efter tre dage med stærke smerter og en imponerende erektion organiserede den Sunniarabiske ambassade i Rom, at Prins Falus blev fløjet til en klinik i Sydfrankrig nær Grasse, hvor der er specialister på dette medicinske område.

174

Bumburn blev arresteret uden for hospitalet i Limassol og anklaget for naturvandalisme. Efter to dage blev anklagen frafaldet, da det var ikke muligt at forbinde Bumburn til kølekasserne på stranden. For Mustapha var det en anden sag. Han blev arresteret for naturvandalisme, våbenbesiddelse og trusler mod embedsmænd. En bio-sikkerhedsinspektion af Ibn Battuta for anker i Polis gav intet resultat. Kaptajnen havde sikret, at alt materiale fra stranden blev konsumeret af prinsens kælehamster. Både hamsteren og dens ekskrementer blev smidt overbord.

26

Afrodites velsignelse

Ved solnedgang samlede pilgrimmene sig omkring Afrodites kilde der har dannet en meterdyb dam, som kildevand igennem tiden havde eroderet ud af kalkklippen. Høje klipper dækker tre af siderne og kildevand kom op fra bunden, men drypper også ned i dammen langs klipperne fra oven. I aftenluften var duften af vilde blomster uimodståeligt berusende. Mos, orkideer og andre blomstrende planter voksede ud fra klippen og ned mod dammens overflade. Kildevandet fortsatte sin vej over en kant og dybere ind i grotten for til sidst at løbe ud tæt ved stranden. På siderne af dammen havde dryppende kildevand skabt mængder af lave hulninger i kalkklippen, hvor orkideer groede i den fugtige jord.

Efter en stund faldt de sidste solstråler ind over klippeplateauets kant og ramte kildens vægge i en kaskade af rødt og gult lys, der reflekterede bevægelserne i dammens vand. Pilgrimmene sad betagede i tavshed. Iblandt dem også Melissa og Munch, der var kommet tilbage.

Söderstrøm rejste sig op med Dewan ved sin side og sagde: "Denne kilde har i lang tid været kendt som Afrodites bad. Navnet blev først nævnt af Athineos, som levede fra 170 til 230 e. Kr. Jeg tror, at I er enige med mig, at dette sted har en spirituel og fredfyldt atmosfære uden lige. Dammen og lunden har en imponerende stor diversitet af planter og træer, der har vokset her i århundreder. Der er eg, figen og plataner, og i dammene omkring kan man let finde Gladiolus, Cyclamen, Anemone og blomstrende Cistus buske. Klippevæggene er mange steder dækket af Thymus planter, der kryber op overalt". Söderström holdt en pause. "Vi vil nu vente på det første månelys, hvor et naturligt mirakel vil finde sted".

Fuldmånen steg op og kastede sit lys over kilden. Igennem klipperne var der mange huller, der fik væggen til at se ud som en stjernehimmel. Söderström pegede nu på orkideerne i de små hulninger med fugtig jord. Alle blomsterne åbnede sig langsomt, indtil de var fuldt udfoldet og reflekterede et rødlig skær i kalkstenen. En blød, aromatisk duft gik igennem den kølige aftenluft. "Disse blomster er Afrodites orkideer, eller *Serapias aphrodite*, som botanikerne kalder arten. Denne art findes kun hér!"

Dewan tog over: "Se jer godt omkring; det er nu, miraklet sker!"

En sommerfugl fløj ind, og så flere og flere. De dansede over dammen, hvor månelyset reflekterede et svagt blåligt skær i deres flugt. "Denne natsommerfugl er Paphos blue, eller, på latin, *Glaucopsyke paphos*", fortsatte Dewan.

Lisa stillede sig ved siden af Dewan og sagde: "Navnet Glaucopsyke er en henvisning til Psyke, den blå Psyke. Myten er, at Psykes skønhed gjorde Afrodite jaloux, og hun sendte sin søn Eros for at myrde hende. Men Eros blev forelsket i Psyke, da han skød sig selv i foden med sin gyldne pil. Det siges, at Psyke og Eros drak af netop denne kilde".

"Se nu nøje på sommerfuglene", sagde Söderström. "De er nu tiltrukket af duften fra Afrodites orkidé, og lander på blomsterlæben for at drikke af den rige nektar". Han fortsatte: "Men Afrodites orkidé giver ikke sin nektar bort frivilligt. Når sommerfuglen stikker sin snabel ned i blomsten, gnider den hovedet mod grupper af pollenkøller, der fasthæfter sig. Se, når sommerfuglene skifter til en anden blomst, kan man tydeligt se pollenkøllerne stikke op som horn. Det er på den måde krydspollination finder sted!"

Pilgrimmene så med forundring og betagelse på det syn, der udfoldede sig foran deres øjne. Efter en tid fortsatte Söderström med begejstring: "I vil nu fornemme, at blomsterne reducerer deres duft for derefter at falde ned i kildevandet. Så vil Glaucopsyke stoppe sin flugt og søge ned til kanten af dammen"!

Ganske rigtigt, flere og flere sommerfugle satte sig i grupper, hvor en plads på kalkstenskanten tillod dem at drikke af det klare kildevand.

Dewan brød ind: "Når en dråbe af kildevand rammer en sommerfugls hoved, falder pollenkøllerne af og opløses i det klare kildevand sammen med de visne blomster. Dermed overføres Afrodites velsignelse og giver kildevandet sin magiske kraft. Det, mine venner, er Afrodites hemmelighed!"

27

Den årlige forsamling i The Aphrodite Society of Cyprus.

Den næste dag var der mange trætte hoveder under den hvide markise. Men der var kaffe nok, og mødets mange punkter blev hurtigt afviklet. Dewan snakkede om de genfundne planer om at genopbygge Afrodites Tempel; men han var usikker på, hvorvidt det var muligt at finde finansiering. Medlemmerne bøjede deres hoveder for at mindes Dr. Schiller, som mistede livet i København. Der var mange talere, der takkede bestyrelsen for en underholdende festival og specielt for turen til Afrodites bad. Dewan gjorde medlemmerne opmærksom på deres forpligtigelse til at holde Afrodites hemmelighed hemmelig. Mødet afsluttedes med et stort bifald, og medlemmerne skiltes med omfavnelser og mange tårer. Dewan opfordrede medlemmerne til at komme tilbage næste år.

Avo havde bestilt plads til bestyrelsen og dens gæster i Cofta's Café på havnen. Han havde også bestilt et overdådigt, græsk måltid, med alle de lækkerheder Cofta kunne fremskaffe. En overdådig meze blev serveret, fulgt af flere grøntsags- og fiskeretter. Derefter flere variationer af lam og så tilsidst en overdådighed af søde desserter. Vin fra mange kanter af Cypern blev serveret; men der var særlig interesse for en rød claret fra Polis. Den havde en etiket med en statue af Afrodite. Vinen hed "Afrodites Claret". Arvo havde fået en kasse af skovbetjentene.

På et lidt senere tidspunkt af middagen rejste Dewan sig op og slog på sit glas: "Vi ved nu, hvad der er sket med Prins Falus al Malal. Han blev syg ombord på Ibn Battuta, og på hospitalet fik han diagnosen "Chronic Ischemic Priapism". Han blev fløjet til en klinik i Frankrig, hvor hans tilstand er kritisk. Jeg har talt med Bumburn, og vi ved nu, hvorfor han er i den tilstand".

Dewan gjorde en gestus mod Söderström, som rejste sig med besvær: "Mine damer og herrer", begyndte Söderström, mens han svingede let fra side til side. "Der er flere orkideer, der vokser i dammene omkring Afrodites bad. Det er kun *Serapias aphrodite*, eller Afrodites orkideer, der er endemisk; det vil sige, at den kun findes i Akamas. Der er to andre orkideer der er mere udbredte; det er Afrodites orkideens antagonist, *Orchis italica*, eller Nøgen mand orkideen, og Abe-orkideen *Orchis simia*".

Söderström holdt en pause og drak lidt vand: "Vi har erfaret, at orkideer af flere arter var blevet indsamlet omkring dammene vest for Afrodites bad. Ingen havde åbne blomster. Ifølge vores arbejdsjournal, så må det dreje sig om en blanding af *Serapias aphrodite* og abe-orkideen *Orchis simia*. Det kan ikke være *Orchis italica*, fordi den er en epifyt, som kun vokser på klippevæggene".

Söderström holdt endnu en pause og drak mere vand. "Vi har erfaret, at Prins Falus al Malal konsumerede en del individer af de to arter, *Serapias aphrodite* og *Orchis simia* i en frisk salat fordi han ville være forsøgsperson". Endnu en pause fulgte og Söderström fortsatte: "Den uheldige virkning er, at under visse forhold så kan *Serapias aphrodite* give en mand erektion og nogen seksuel lyst, hvorimod *Orchis simia* vil fremkalde en nervøs latter. Det tragiske er, at Prins Falus spiste så meget af begge planter, at virkningen blev kronisk!"

Söderström satte sig ned, som om en stor sten var faldet fra hans bryst. Tavsheden var øredøvende. Så brød latteren ud, og tårerne flød. Denne nyhed krævede mere vin, og latteren ville ikke stoppe. Cofta kom frem fra køkkenet, og forstod ikke, hvad der foregik. Avo forklarede, og Cofta faldt ind i latterdrønet, der rungede ud over havnen. Munch spurgte Melissa, om hun troede, at latteren kunne høres ud til Ibn Battuta, der lå for anker uden for havnen. Hun smilte.

I spidsen for det spillende lokale orkester med bouzouki, en harmonika og en håndtromme vandrede Harry ind sammen med de lokale fiskere. De satte sig omkring selskabet, og det tog ikke lang tid før dansen var igang. Den stoppede ikke før den lyse morgen.

Så ofte han kan, besøger Arvo Cofta's Café, og de er altid enige om, at det var den bedste fest i mands minde!

EFTERSKRIFT

Mange vil måske tænke på, hvilket liv Afrodite og andre guder gav menneskene i denne historie, skabt i en verden omgivet af tågen, som tiden kaster over os alle. Premierløjtnant Erik Frederiksen gik tidligt i pension for at leve med Lisa på Cypern. Han bidrog til Lefkarides familiens forretningsinteresser, såsom fotoforretningen i Regina Street og deres kunst- og souvenirforretning. Lisa havde naturligvis sit faste arbejde i de Forenede Nationer.

Kaptajn Melissa Yildiz og Kriminalkommisær Jens Munch giftede sig og levede nogle år i Danmark, før Jens gik på tidlig pension. Så vidt jeg ved, driver de nu en succesfuld dykker- og turistvirksomhed i "The Sultanate of Brunei" på nordkysten af Borneo, hvor Melissas familie bor.

Kriminalassistent Harry Andersen tjenstegjorde i politiet, til han nåede pensionsalderen. Derefter bosatte han sig på Samsø nær Stavnsfjorden for at drive sin hobby med at samle stenalderredskaber.

Professor Lars Söderström forblev professor ved Institut for Sammenlignende Anatomi, indtil han som professor emeritus rejste til Thailand for at samle orkideer med sin gamle ven, professor Gunnar Seidenfaden. Før han kom tilbage, havde instituttets lokalekomité pakket hans bøger, samlinger og udrustning i kasser. Det hele blev så transporteret til hans hjem og efterladt i hans carport. Da han kom tilbage til instituttet fra lufthavnen og åbnede døren til sit laboratorium, fandt han det ombygget til et eksperimentelt rotteterrarium uden vinduer. Han blev trøstet af en yngre student, som stolt pegede på et nymalet portræt, der hang på væggen over døren. Det havde en indgraveret messingplade. Teksten lød: "I dette laboratorium arbejdede Professor Lars Söderström fra sin ansættelse som adjunkt til sin død".

Til stor misundelse for Oberstløjtnant Vesterby så modtog Oberst Georg Scharck Scharckenlund Dannebrogsordenen for sin indsats i dansk udenrigstjeneste og blev udnævnt til militærattaché ved den danske ambassade i Det Sunniarabiske Sultanat. Han giftede han sig med Fatima; fik to børn, og nu nyder de sammen de aromatiske dadler fra den arabiske ørken. Han synger ofte:

> I'm the sheik of Araby,
> your love belongs to me.
> At night when you're asleep,
> into your tent I'm going to creep.
> The stars will shine above,
> and guide our way to love.
> You will rule this land with me,
> because I'm the sheik of Araby.

Avo Lefkarides opgav sit arbejde for CCIA for at koncentrere sig om sin fotoforretning. Hvert år sendte han en lille flaske med ekstrakt fra Nøgen Mand orkideen til Prins Falus i Frankrig. Dette ekstrakt dæmpede prinsens lidelse. Når prinsen havde modtaget ekstraktet, fik Avo et brev der indeholdt et kort med arabisk tekst. Dette gav ham adgang til en moske i Nicosia, hvor en imam henviste ham til en gammel Koran. Hver gang fandt han et par sider inde en check med et stort beløb.

Prins Falus al Malal tilbragte flere år på et kurhotel tæt ved klinikken i Grasse ved den franske riviera. Byen har igennem historien været et dominerende center for parfumefremstilling. Her anses hans lidelse "Chronic ischemic priapism" for at være arbejdsrelateret. Tilsidst indså han livets realitet og lod sig kastrere. På grund af sin lidelse blev han forbigået som sultan af en yngre bror. Prins Falus lever nu et tilbagetrukket liv på sin yacht, som ligger for anker uden for Monaco.

Mustapha Al-Shit tilbragte et par år i fængsel i Nicosia, før han blev udleveret til Danmark til retsforfølgelse. Han blev dømt for mord og tilbragte otte år i Vridsløselille Statsfængsel. Han var en mønsterfange, og lærte sig det danske sprog.

Dr. Karl von Bumburn ankom til København med det vand han havde indsamlet ved Afrodites bad i en termoflaske i god behold. Han tog straks ud til COVO for at igangsætte analyserne. Efter lang tids søgen så fandt de et ukendt molekyle; men koncentrationen var for lav til et forsøg. Yderligere fandt de adskillige mikroskopiske organismer. Det, der vakte opmærksomhed, var en særlig stor ciliat af slægten Paramecium. I dens krop fandt de en større koncentration af et ukendt molekyle. Ved at kultivere ciliaten fik de materiale nok til at starte forsøg. Men de kunne ikke påvise, at det kemiske stof i ciliaten havde en signifikant effekt. En energisk, ung mikrobiolog arbejdede hver weekend og beskrev den ukendte Paramecium. Han publicerede sine resultater i den taxonomiske litteratur og fik anerkendt navnet *Paramecium aphrodite.* Langt senere i livet påviste han, at denne ciliat fordøjer planterester fra *Serapias aphrodite,* og at den kan optage pheromoner fra vandet og omsætte dem til glucose.

Hvis det er muligt, så ses pilgrimmene hvert år for at deltage i "The Aphrodite Festival of Cyprus".

En fresco fra Pompeii der viser den græske gud
Priapus.

© 2021 – Ib Svane
Forlag: Books on Demand – Hellerup, Danmark
Fremstilling: Books on Demand – Norderstedt, Tyskland
Bogen er fremstillet efter on-Demand-proces

ISBN 978-87-4302-858-1